El muerto de Maigret

Georges Simenon, nacido en 1903 en Lieja (Bélgica), dio sus primeros pasos como reportero y como autor de novelas populares escritas bajo seudónimo. En 1931 publicó, por primera vez con su propio nombre, *Pietr, el Letón*, que presentaba al imperturbable comisario de policía parisino Jules Maigret, personaje que retomó en novelas y relatos a lo largo de las cuatro décadas siguientes, mientras su obra más amplia le granjeaba la reputación de ser uno de los escritores esenciales del siglo xx. Viajero intrépido, con un profundo interés en la gente, Simenon se esforzó, en la literatura y en la realidad, por comprender —y no por juzgar— la condición humana en todos sus matices. Sus libros figuran entre los más leídos del canon mundial.

GEORGES SIMENON

El muerto de Maigret

Traducción de
Rafael Perera

DEBOLS!LLO

Papel certificado por el Forest Stewardship Council®

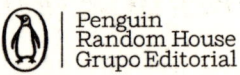

Título original: *Maigret et son mort*

Primera edición: mayo de 2025

Printed in Spain – Impreso en España

ISBN: 978-84-663-8216-8
Depósito legal: B-4.742-2025

Compuesto en M. I. Maquetación, S. L.

Impreso en Novoprint
Sant Andreu de la Barca (Barcelona)

P 382168

El muerto de Maigret

1

—Perdone, señora... —dijo Maigret, logrando por fin interrumpir a su visitante tras unos minutos de pacientes esfuerzos—. Me decía usted ahora que su hija la está envenenando lentamente...

—Y es la verdad.

—Hace un momento usted afirmaba, con la misma firmeza, que era su yerno el que se las arreglaba para cruzarse con la doncella en los pasillos y echarle veneno en el café o en cualquiera de las numerosas tisanas que suele tomar usted...

—Y es la verdad.

—A pesar de lo cual... — prosiguió él, mientras consultaba o fingía consultar las notas que había tomado en el curso de la entrevista, que duraba ya más de una hora—, al principio me ha dicho que su hija y su yerno se odian...

—Y sigue siendo la verdad, señor comisario.

—¿Y están de acuerdo para librarse de usted?

—¡Claro que no! Precisamente, intentan envenenarme por separado, ¿comprende?

—¿Y su sobrina Rita?

—También por su parte.

Era febrero. El tiempo era templado, soleado, con alguna nube blanda de aguanieve que humedecía el cielo. Tres veces, desde que llegó la visitante, Maigret había removido las brasas de la estufa, su estufa, la última estufa que quedaba en la policía judicial y que tanto le había costado conservar cuando instalaron la calefacción central en el Quai des Orfèvres. La mujer debía de estar empapada en sudor bajo su abrigo de visón, su vestido negro de seda y aquel cúmulo de joyas que la adornaban por todas partes como a una gitana, en las orejas, el cuello, las muñecas, el busto. Y, en efecto, recordaba más a una gitana que a una gran señora, con aquel colorete rabioso que formaba una costra y que empezaba a deshacerse.

—En resumen, que tres personas tratan de envenenarla.

—No es que traten. Han empezado ya...

—Y usted sostiene que están obrando independientemente unos de otros.

—No lo sostengo, estoy segura.

Tenía el mismo acento rumano que una célebre artista de los bulevares, la misma súbita vivacidad que la hacía estremecerse a cada instante.

—No estoy loca. Lea esto. Supongo que conoce al profesor Touchard. Suelen llamarlo como experto en todos los grandes procesos...

Había pensado en todo, incluso en consultar al más célebre alienista de París y pedirle un certificado que atestiguase que estaba en perfecto uso de razón.

No había nada que hacer excepto escuchar pacientemente y, para contentarla, garabatear de cuando en cuando algunas palabras en el bloc de notas. Aquella mujer se había hecho anunciar por un ministro, que había telefoneado personalmente al director de la policía judicial. Su marido, muerto unas semanas antes, era consejero de Estado. Vivía en la calle Presbourg, en una de esas inmensas casas de piedra que tienen una fachada a la plaza de l'Étoile.

—Respecto a mi yerno, mire, así son las cosas... He estudiado la cuestión. Hace meses que lo espío.

—Entonces, ¿empezó en tiempos de su marido?

La mujer le tendió un plano, que había dibujado muy cuidadosamente, del primer piso de la casa.

—Mi habitación está marcada con una A. La de mi hija y su marido, con una B. Pero Gaston no se acuesta en esa habitación desde hace algún tiempo.

Por fin sonó el teléfono, que le iba a dar un respiro a Maigret.

—Diga. ¿Quién es?

Por lo general, el telefonista solo le pasaba las llamadas en los casos urgentes.

—Perdone, señor comisario. Un tipo que no quiere dar su nombre insiste en que lo ponga con usted... Jura que es una cuestión de vida o muerte.

—¿Y quiere hablar conmigo personalmente?

—Sí. ¿Le pongo con él?

Y Maigret oyó una voz angustiosa que decía:

—¿Hola? ¿Es usted?

—El comisario Maigret, sí.

—Perdone. Mi nombre no le diría nada. No me conoce, pero usted conoció a Nine, mi mujer. ¿Oiga? Tengo que contárselo todo muy deprisa, porque él podría llegar...

Maigret pensó enseguida: «¡Vaya! Otro loco. Este es uno de esos días...».

Porque había observado que los locos van generalmente por series, como si estuviesen influidos por determinadas lunas. Se prometió consultar el calendario en cuanto tuviera un momento.

—Al principio, había pensado en ir a verlo. He pasado por el Quai des Orfèvres, pero no me he atrevido a entrar porque él iba pisándome los talones. Supongo que no habría dudado en disparar...

—¿De quién habla usted?

—Un momento. No estoy lejos. Enfrente de su despacho. Hace un momento podía ver su ventana. En Quai des Grands-Agustins. ¿Conoce un cafetín llamado Aux Caves du Beaujolais? Acabo de entrar en la cabina. ¿Oiga? ¿Me oye?

Eran las once y diez de la mañana, y Maigret apuntó por inercia la hora en su bloc y luego el nombre del café.

—He estado pensando en todas las soluciones posibles. Incluso me he dirigido a un agente de policía en la plaza du Châtelet.

—¿Cuándo?

—Hace media hora. Tenía a uno de los hombres pisándome los talones. Era bajito, moreno... Hay varios, y se relevan. No estoy seguro de poder reconocerlos a todos. Sé que el bajito y moreno es...

Silencio.

—¿Oiga? —dijo Maigret.

El silencio duró unos instantes, y luego volvió a oírse la voz:

—Perdone... Oí que entraba alguien en el café y pensé que era él. Abrí un poco la puerta de la cabina para ver, pero era un chico de los recados. ¿Hola?

—¿Qué le ha dicho usted al guardia?

—Que unos tipos me están siguiendo desde ayer por la tarde. Desde primera hora de la tarde, para ser exactos. Que seguramente están buscando una ocasión para matarme. Le pedí que detuviera al que tenía detrás.

—¿Y el agente se negó?

—Me pidió que le dijera qué hombre, y cuando quise hacerlo ya no lo vi. Entonces no me creyó. Aproveché para escabullirme en el metro. Salté a un vagón y luego me bajé justo cuando arrancaba el tren. Atravesé todos los pasillos. Volví a salir frente al Bazar de l'Hôtel-de-Ville y luego me metí en los grandes almacenes...

Debía de haber corrido o caminado muy deprisa, pues su respiración era entrecortada y jadeante.

—Lo que quiero pedirle es que me envíe inmediatamente a un inspector de paisano a Aux Caves du Beaujolais. No hace falta que me hable. No hace falta que haga nada. Yo saldré y, sin duda, el otro se pondrá a seguirme. Solo tendrá que detenerlo, y yo iré a verle a usted y le explicaré lo...

—¿Oiga?

—Digo que yo...

Silencio. Ruidos confusos.

—¿Oiga? ¿Oiga?

Al otro extremo de la línea no había nadie.

—Como le decía —prosiguió la anciana de los venenos, imperturbable, al ver que Maigret colgaba.

—Perdone un instante, señora...

Abrió la puerta que comunicaba con el despacho de los inspectores.

—Janvier, ponte el sombrero y corre ahí enfrente, al Quai des Grands-Augustins. Hay un café que se llama Aux Caves du Beaujolais. Pregunta si el individuo que acaba de telefonear está todavía allí.

Descolgó el aparato.

—Póngame con Aux Caves du Beaujolais.

Al mismo tiempo miraba por la ventana y, al otro lado del Sena, donde el Quai des Grands-Augustins formaba cuesta para llegar al puente Saint-Michel, podía ver el estrecho escaparate de una taberna de parroquianos, donde había entrado algunas veces a beber un vaso de vino en el mostrador. Recordaba que había que bajar un escalón, que en la sala hacía fresco y que el dueño llevaba un delantal negro de bodeguero.

Un camión que estaba detenido frente a la entrada del café impedía ver la puerta. La gente pasaba por la acera.

—Mire usted, señor comisario...

—Un momento, señora, se lo ruego.

Y llenó con esmero su pipa mientras miraba fuera.

Aquella vieja, con sus historias de envenenamientos, le iba a hacer perder la mañana como mínimo. Había llevado un montón de papeles, de planos, de certificados, y hasta análisis de alimentos que se había encargado de que le hiciese su farmacéutico.

—Siempre he desconfiado, ¿comprende?

Exhalaba un perfume fortísimo, mareante, que llenaba el despacho hasta anular el buen olor de la pipa.

—¿Hola? ¿No me puede poner aún con el número que le he pedido?

—Estoy llamando, señor comisario. No dejo de llamar. Siempre está ocupado. A menos que se hayan olvidado de colgar...

Janvier, sin chaqueta, con su andar desgarbado, estaba atravesando el puente; poco después entró en la taberna. Por fin se fue el camión, pero no se veía el interior del café, que se hallaba demasiado oscuro. Unos minutos más. Sonó el teléfono.

—Ya está, señor comisario. Ya tengo el número. Ahora funciona.

—¿Oiga? ¿Quién está al aparato? ¿Eres tú, Janvier? ¿Estaba descolgado? ¿Y bien?

—Efectivamente, ha estado aquí un tipo que ha llamado.

—¿Lo has visto?

—No. Había salido ya cuando llegué. Parece que no dejaba de mirar por el cristal de la cabina y entreabría sin cesar la puerta.

—¿Y después?

—Entró un cliente, miró de inmediato hacia el teléfono y pidió una copa en el mostrador. Cuando el otro lo vio, cortó la comunicación, o más bien dejó de hablar.

—¿Se fueron los dos?

—Sí, uno detrás del otro.

—Intenta obtener del patrón una descripción de los dos individuos, lo más minuciosa posible. Y, ya que estás por allí, pásate por la plaza du Châtelet. Pregunta a los guardias que estén de servicio. Averigua si, hace unos tres cuartos de hora, alguno de ellos ha sido interpelado por el mismo tipo y le ha pedido que detuviera a un hombre que lo seguía.

Cuando colgó, la vieja lo miró satisfecha, con aproba-
ción, como si le fuera a dar una medallita de buen alumno.

—Así es como yo entiendo una investigación. No pierde
usted el tiempo. Piensa en todo.

Maigret volvió a sentarse y suspiró. Estuvo a punto de
abrir la ventana, porque empezaba a ahogarse en aquella habitación sobrecalentada, pero no quería perder una ocasión
para acortar la visita de la protegida del ministro.

Aubain-Vasconcelos. Así se llamaba. Ese nombre debió
haberse grabado en su memoria, pero nunca volvió a verla.
¿Murió días después? Seguramente no. Se habría sabido.
¿Acaso la habían encerrado? ¿O quizá, desilusionada con la
policía oficial, había acudido a alguna agencia privada?
También podía ser que al día siguiente de ver a Maigret se
hubiera despertado con una nueva idea fija.

Todavía tuvo que estar allí cerca de una hora, oyéndola
hablar de todos los que, en aquella enorme casa de la calle
Presbourg, en la que la vida no debía de ser muy alegre, le
daban veneno las veinticuatro horas.

Por fin, a mediodía, pudo abrir la ventana. Luego entró
en el despacho del director con la pipa entre los dientes.

—¿La ha despachado usted amablemente?

—Lo más amablemente que he podido.

—Parece que en su época fue una de las mujeres más be-
llas de Europa. Yo conocí un poco a su marido, el hombre
más dócil, más insignificante y más aburrido que se pueda
imaginar. ¿Se va usted, Maigret?

Se quedó dudando... Las calles empezaban a oler a
primavera. En la cervecería Dauphine habían montado
ya la terraza, y la frase del director era como una invita-

ción a irse tranquilamente a tomar allí el aperitivo antes de comer.

—Me parece que haré mejor en quedarme. Esta mañana he recibido una llamada un poco rara.

Iba a contárselo cuando sonó el teléfono. Contestó el director y le pasó el aparato.

—Es para usted, Maigret.

Inmediatamente reconoció la voz, que era todavía más angustiosa que por la mañana.

—¿Hola? Antes nos han interrumpido. Él ha entrado. Y podía oír a través de la puerta de la cabina. Me entró miedo.

—¿Dónde está usted?

—En bar-tabaquería Vosges, que está en la esquina de la plaza des Vosges con la calle des Francs-Bourgeois. He intentado despistarlo. No sé si lo he logrado. Pero le juro que no me equivoco, que van a intentar matarme. Sería muy largo de explicar. Me pareció que los demás se reirían de mí, pero que usted, usted...

—¿Hola?

—Está aquí... Yo... Perdone.

El jefe miraba a Maigret, que había adoptado su aire gruñón.

—¿Algo no va bien?

—No lo sé. Es una historia bastante alambicada... ¿Me permite?

Descolgó el teléfono.

—Póngame inmediatamente con el bar-tabaquería Vosges. Con el dueño, sí. —Y le dijo al director—: Con tal de que esta vez no se haya olvidado de colgar... —Sonó el timbre casi de inmediato—. ¿Hola? ¿El estanco Vosges?

¿Hablo con el dueño? ¿Está todavía ahí el cliente que acaba de telefonear? ¿Cómo? Sí, haga el favor de asegurarse. ¿Sí? ¿Que acaba de marcharse…? ¿Ha pagado…? Dígame, ¿ha entrado otro consumidor mientras él telefoneaba? ¿No…? ¿En la terraza? Mire si está todavía... ¿Que se ha ido también? ¿Sin esperar el vermut que había pedido? Gracias... No... ¿De parte de quién? De la policía. Nada preocupante, no.

Y entonces fue cuando decidió no acompañar al director a la cervecería Dauphine. Al abrir la puerta del despacho de los inspectores, vio que Janvier había vuelto y lo esperaba.

—Vente conmigo. Cuéntame.

—Un tipo extravagante, patrón. Un hombre bajito, vestido con un impermeable, con sombrero gris y zapatos negros. Entró como una exhalación en Aux Caves du Beaujolais y corrió a la cabina telefónica mientras le gritaba al tabernero: «¡Póngame lo que quiera!». Este lo veía por los cristales, muy nervioso, gesticulando él solo. Luego, cuando entró el otro cliente, salió de la cabina como alma que lleva el diablo y se marchó a la carrera sin beber nada y sin decir nada hacia la plaza Saint-Michel.

—¿Y el otro?

—También era bajito. Por lo menos no muy alto, fornido, de pelo negro.

—¿Y el guardia de la plaza du Châtelet?

—La historia es cierta. El tipo del impermeable se dirigió a él, sin aliento, con aire sobreexcitado. Le pidió, gesticulando, que detuviera a alguien que estaba siguiéndolo, pero no pudo señalar a nadie entre la gente que pasaba. El guardia pensaba indicarlo en su informe, por si acaso.

—Ve a la plaza des Vosges, al bar-tabaquería que hace esquina con la calle des Francs-Bourgeois.

—Entendido.

«Un hombre bajito y gesticulante, con impermeable beis y sombrero gris». Era todo lo que se sabía de él. Bastaba asomarse a la ventana para ver la muchedumbre saliendo de las oficinas, llenando los cafés, las terrazas y los restaurantes. París estaba brillante y alegre. Como siempre, a mediados de febrero, se notaban los efluvios de la primavera, que se apreciaban más que la primavera misma, y los periódicos hablarían sin duda del famoso castaño del bulevar Saint-Germain, que en menos de un mes estaría florecido.

Maigret llamó a la cervecería Dauphine.

—¿Hola? ¿Joseph? Soy Maigret. ¿Puedes mandarme dos cervezas y unos bocadillos?... Para uno, sí.

Los bocadillos aún no habían llegado cuando volvió a sonar el teléfono, y Maigret reconoció inmediatamente la voz, pues había avisado a la centralita de que le pasasen la llamada sin perder un segundo.

—¿Hola? Ahora me parece que le he dado esquinazo.

—¿Quién es usted?

—El marido de Nine. Pero eso no tiene importancia... Son por lo menos cuatro, sin contar la mujer. Es preciso que venga alguien inmediatamente y...

Esta vez no tuvo tiempo de decir desde dónde llamaba. Maigret llamó a la operadora, lo que tardó algunos minutos. La llamada venía de Quatre Sergents de La Rochelle, un restaurante del bulevar Beaumarchais, a dos pasos de la Bastilla.

Aquello tampoco estaba lejos de la plaza des Vosges. Se podía seguir en un mismo barrio, o casi, las idas y venidas zigzagueantes del hombrecillo del impermeable.

—¿Hola? ¿Eres tú, Janvier? Suponía que estarías todavía ahí.

Maigret lo estaba llamando a la plaza des Vosges.

—Sal corriendo a Quatre Sergents de La Rochelle. Sí. No dejes el taxi.

Pasó una hora sin llamada alguna y sin que se supiera nada del marido de Nine. Cuando sonó el teléfono de nuevo, no era él quien estaba al aparato, sino un camarero.

—¿Oiga? ¿Es el comisario Maigret con quien tengo el gusto de hablar? ¿El comisario Maigret en persona? Soy el camarero del Café de Birague, en la calle Birague. Le llamo de parte de un cliente que me lo ha pedido.

—¿Cuánto tiempo hace de eso?

—Como un cuarto de hora. Debía de haber llamado inmediatamente, pero es que era la hora punta...

—¿Un hombre bajito con impermeable?

—Sí... En fin, yo temía que fuera una broma... Tenía mucha prisa. No dejaba en ningún momento de mirar a la calle. Espere que recuerde exactamente... Me dijo algo así como que le prevenga a usted de que iba a intentar arrastrar a su hombre al Canon de la Bastille. ¿La conoce? Es la cervecería que está en la esquina del bulevar Henri-IV. Quería que enviase usted a alguien enseguida. Espere. Hay algo más. Sin duda usted lo comprenderá. Dijo exactamente: «*Otro hombre ha relevado al primero. Ahora es el alto y pelirrojo, el peor*».

Maigret fue allí en persona. Tomó un taxi, que tardó menos de diez minutos en llegar a la plaza de la Bastilla. La cervecería era amplia y tranquila, y la frecuentaban sobre todo parroquianos que comían el plato del día o algo de embutido. Buscó con la vista a un hombre con impermeable y luego miró los percheros, esperando ver un impermeable beis.

—Oiga, camarero.

Había seis camareros, además de la cajera y el dueño. Preguntó a todos. Nadie se había fijado en aquel hombre. Entonces se sentó en un rincón, cerca de la puerta, pidió una cerveza, y esperó fumando su pipa. Media hora más tarde, a pesar de los bocadillos, pidió una ración de salchichas con chucrut. Miraba a los peatones que pasaban por la acera. Cada impermeable lo hacía sobresaltarse, y había muchos, pues estaba cayendo el tercer chaparrón desde por la mañana, brillante y límpido, una de esas lluvias inocentes que no impiden que reluzca el sol.

—¿Oiga? ¿Policía judicial? Soy Maigret. ¿Ha vuelto Janvier? Póngame con él. ¿Eres tú, Janvier? Coge un taxi y ven a reunirte conmigo al Canon de la Bastille. Como tú dices, es el día de los cafés. Te espero... No, nada nuevo.

¿Qué se le iba a hacer si el hombrecillo gesticulante era un bromista?

Maigret dejó a su inspector de guardia en el Canon de la Bastille y pidió que lo llevaran de nuevo a la oficina.

Había pocas probabilidades de que al marido de Nine lo hubieran asesinado después de las doce y media, puesto que al parecer no se aventuraba por lugares alejados, sino que buscaba barrios animados, llenos de viandantes. El comisario llamó al número de emergencias de la policía, donde se conocían todos los incidentes de París minuto en minuto.

—Si les informan de que un hombre vestido con un impermeable ha tenido un accidente o una disputa, sea lo que sea, llámenme enseguida.

Dio también orden a uno de los coches de la policía judicial de estar a su disposición en el patio del Quai des Orfèvres. Eso quizá fuera ridículo, pero quería tener todas las ocasiones de su parte.

Recibió a gente, fumó en pipa, de cuando en cuando removía las brasas de la estufa, siempre con la ventana abierta, y muchas veces echaba una mirada de reproche a su teléfono, que seguía silencioso.

«Usted ha conocido a mi mujer...», le había dicho el hombrecillo.

Buscaba maquinalmente una Nine en su memoria. Debía de haberse topado con más de una. Hacía años había conocido a una que tenía un bar en Cannes, pero era ya vieja entonces y ya habría muerto. Estaba también una sobrina de su mujer, que se llamaba Aline y a la que todo el mundo llamaba Nine.

—¿Oiga? ¿El comisario Maigret?

Eran las cuatro. Aunque todavía era pleno día, el comisario había encendido la lámpara de pantalla verde de su mesa.

—Soy el jefe de Correos de la oficina veintiocho de la calle du Faubourg-Saint-Denis. Perdone si le molesto. Quizá se trate de una broma de mal gusto... Hace unos minutos se ha acercado un cliente a la ventanilla de los paquetes certificados. Parecía tener prisa y estaba asustado, según me ha dicho la señorita Denfer, nuestra empleada. Todo el tiempo se daba la vuelta para mirar atrás. El hombre le ha puesto un papel delante y le ha dicho: «No trate de comprender. Llame de inmediato al comisario Maigret y léale este mensaje». Y se ha perdido entre la multitud. La empleada ha venido a verme, y ahora tengo el papel a la vista. Está escrito a lápiz, con muy mala letra. Sin duda el hombre lo escribió mientras caminaba. Esto es lo que dice: «No he podido ir al Canon». ¿Usted sabe lo que significa? Porque yo no. Pero da igual. Luego hay una palabra que no consigo entender, y después: «Ahora son dos. El moreno bajito ha vuelto». No estoy muy seguro de la palabra «moreno»... ¿Cómo dice? Bueno, si usted cree que está bien así... Hay más: «Estoy seguro de que han decidido pillarme hoy. Me estoy acercando al Quai des Orfèvres. Pero son astutos. Prevenga a los agentes». Eso es todo. Si le parece, le enviaré la nota con un repartidor de correo neumático... ¿En taxi? No tengo inconveniente. Siempre que pague usted la carrera, pues yo no me puedo permitir...

—¿Hola? ¿Janvier? Ya puedes volverte, muchacho.

Media hora más tarde estaban los dos fumando en el despacho de Maigret, bajo cuya estufa se veía un pequeño disco rojo.

—Supongo que por lo menos habrás comido...

—Me comí unas salchichas con chucrut en el Canon.

Así que él también… Maigret, por su parte, había avisado a las patrullas ciclistas y a la policía municipal. Aunque los parisienses, mientras entraban en los grandes almacenes, mientras tropezaban unos con otros en las aceras, mientras se metían en los cines y en las bocas de metro, no se percataban de nada, centenares de ojos los escudriñaban y se fijaban en todos los impermeables beis y en todos los sombreros grises.

Hacia las cinco cayó un nuevo chaparrón, en el momento en que la animación llegaba al máximo en el barrio de Châtelet. El pavimento estaba reluciente, un halo rodeaba las farolas y, cada diez metros a lo largo de las aceras, los viandantes levantaban el brazo al paso de los taxis.

—El patrón de Aux Caves du Beaujolais calcula que tiene entre treinta y cinco y cuarenta años. El del bar-tabaquería Vosges, unos treinta. Lleva la cara afeitada, tiene la tez rosácea y los ojos claros. En cuanto a qué clase de hombre es, no he podido saber nada. Me contestaban: «Un hombre como tantos otros».

La señora Maigret, que tenía a su hermana invitada a cenar, llamó a las seis para asegurarse de que su marido no llegaba con retraso y para pedirle que pasara por la pastelería.

—¿Quieres quedarte de guardia hasta las nueve? Le pediré a Lucas que te reemplace después.

A Janvier no le parecía mal. Lo único que tenía que hacer era esperar.

—Que me llamen a casa si pasa algo, sea lo que sea.

No se olvidó de la pastelería de la avenida de la République, la única, según la señora Maigret, que hacía buenos milhojas. Besó a su cuñada, que olía siempre a lavanda. Cenaron. Maigret se bebió un vaso de calvados. Antes de acompañar a Odette hasta el metro, llamó a la policía judicial.

—Hola, Lucas. ¿Nada nuevo? ¿Estás en mi despacho?

Lucas, instalado en el sillón del comisario, debía de estar leyendo con los pies encima de la mesa.

—Sigue así, muchacho. Buenas noches.

Cuando salía del metro, el bulevar Richard-Lenoir estaba desierto y sus pasos resonaban. Detrás de él sonaban también otros pasos. Se estremeció y se volvió de manera involuntaria, porque pensó en aquel hombre, que, a aquella misma hora, estaría seguramente recorriendo las calles lleno de angustia, evitando las esquinas sombrías, buscando un poco de seguridad en bares y cafés.

Se durmió antes que su mujer —o al menos eso dijo ella, que también decía que Maigret roncaba— y, cuando el teléfono lo sacó del sueño, el despertador de la mesilla de noche marcaba las dos y veinte. Era Lucas.

—Quizá le estoy molestando para nada, jefe. Todavía no sé gran cosa. El servicio de emergencias policiales me ha llamado hace un momento para decirme que acaban de encontrar a un hombre muerto en la plaza de la Concorde, cerca del Quai des Tuileries. Por tanto, distrito primero. He pedido al comisario que no toquen nada. ¿Cómo dice? Bueno. Como usted quiera. Le envío un taxi.

La señora Maigret suspiró al ver que su marido se ponía el pantalón y que no encontraba la camisa.

—¿Crees que tendrás para mucho tiempo?

—No lo sé.

—¿No podrías haber enviado a un inspector?

Cuando Maigret abrió el mueble del comedor, su mujer comprendió que era para servirse un vasito de calvados. Luego volvió a fin de buscar sus pipas, que se había olvidado de llevarse.

El taxi estaba esperando. Los grandes bulevares se hallaban casi desiertos. Una luna brillante y más grande que de costumbre flotaba por encima de la cúpula verdosa de la Ópera.

En la plaza de la Concorde había dos coches alineados al borde de la acera, cerca del Jardín de las Tullerías, y se veía moverse a algunos personajes sombríos.

Al bajar del taxi, la primera cosa que Maigret percibió en la acera plateada fue la mancha de un impermeable beis.

Entonces, mientras los agentes con esclavina se apartaban y un inspector del distrito I se acercaba a él, gruñó:

—No era broma. Lo han liquidado...

Se oía muy cerca el chapoteo del Sena, y los coches que llegaban por la calle Royale se deslizaban sin ruido hacia los Champs-Élysées. El letrero luminoso de Maxim's destacaba rojo en la noche.

—Una cuchillada, señor comisario —le anunció el inspector Lequeux, al que Maigret conocía bien—. Estábamos esperándole a usted para llevárnoslo.

Entonces Maigret se dio cuenta de que algo no le cuadraba...

La plaza de la Concorde era demasiado amplia, demasiado fresca, demasiado aireada, con su obelisco blanco destacándose en el centro. Eso no se correspondía con las llamadas telefónicas de la mañana, con Aux Caves du Beaujolais, con el bar-tabaquería Vosges y con los Quatre Sergents del bulevar Beaumarchais.

Hasta su último contacto, hasta el mensaje que había entregado en la oficina de Correos de Saint-Denis, el hombre había estado metido en un barrio de calles estrechas y populosas.

¿Era posible que alguien que se sabía perseguido, que llevaba a un asesino pisándole los talones y que esperaba recibir el golpe mortal de un momento a otro, se lanzase a espacios casi planetarios como la plaza de la Concorde?

—Ya verás como no lo han matado aquí.

La prueba apareció una hora más tarde, cuando el agente Piedboeuf, que había estado de servicio delante de una sala de fiestas de la calle Douai, hizo su informe.

Un automóvil se había detenido frente al local con dos hombres de esmoquin y dos mujeres en traje de noche. Los cuatro personajes estaban alegres, un poco achispados, sobre todo uno de ellos, el cual, cuando ya habían entrado los demás, había vuelto sobre sus pasos.

—Mire, sargento... —le dijo este a Piedboeuf—. No sé si hago bien en decirle esto, pues no tengo ningunas ganas de que nos estropeen la noche. Pero, bueno, qué le vamos a hacer. Usted sabrá qué es lo mejor. Hace un momento, cuando pasábamos por la plaza de la Concorde, un coche se ha detenido delante de nosotros. Yo iba al volante y paré pensando que habían tenido una avería. Sacaron algo del coche y lo dejaron en la acera. Me parece que era una persona. El coche era un Citroën amarillo con matrícula de París, cuyas dos últimas cifras eran un tres y un ocho.

2

¿En qué momento el marido de Nine se había convertido en «el muerto de Maigret», como empezaron a llamarlo en la policía judicial? Quizá desde su primer encuentro de aquella noche —si se lo puede llamar así— en la plaza de la Concorde. Desde luego, el inspector Lequeux se quedó sorprendido por la actitud del comisario. Aunque era difícil precisar por qué, aquella actitud no era normal. En la policía están acostumbrados a las muertes violentas, a los cadáveres más inesperados, todo lo cual se trata con una indiferencia profesional cuando no se gastan bromas al respecto, igual que los médicos internos en las salas de urgencias. Por otra parte, Maigret no parecía emocionado en el verdadero sentido de la palabra.

¿Por qué no había empezado, como habría sido lo normal, por inclinarse sobre el cuerpo? Dio unas caladas a la pipa, de pie en medio del grupo de agentes de uniforme, charlando con Lequeux y mirando vagamente a una joven con vestido de lentejuelas y abrigo de visón que acababa de bajar de un coche en compañía de dos hombres y que, con la mano crispada en el brazo de uno de ellos, parecía esperar que ocurriera algo más.

Pasado un buen rato, Maigret se acercó despacio a la forma tendida, a la mancha beis del impermeable, y se inclinó sobre ella, también despacio, como habría hecho con un pariente o un amigo, diría más tarde el inspector Lequeux.

Cuando se incorporó tenía el ceño fruncido y se lo notaba furioso.

—¿Quién ha podido hacer esto? —preguntó con un tono tal que parecía hacer responsables de aquello a los que estaban allí.

¿Le habían dado puñetazos, patadas? No podía saberse. Pero, antes o después de haber matado a aquel hombre de una cuchillada, le habían golpeado violentamente, muchas veces, de forma que tenía la cara hinchada, un labio partido y la mitad del rostro totalmente deformado.

—Estoy esperando el furgón de la morgue —le dijo Lequeux.

Sin esas contusiones, el hombre debía de tener un rostro corriente, más bien joven, más bien alegre sin duda. Aunque estuviera muerto su expresión denotaba algo de ingenuo.

¿Por qué la mujer del visón se conmovió más al ver un pie que solo llevaba un calcetín de color malva? Resultaba ridículo aquel pie sin calzar en la acera, al lado del otro pie con un zapato de cabritilla negro. Desnudo, íntimo... Desde luego, no parecía muerto. Maigret se alejó, y a seis o siete metros de allí recogió el otro zapato en la acera.

Después no dijo nada más. Esperó fumando. Otros curiosos se unieron al grupo de gente que cuchicheaba. Luego llegó el furgón al borde de la acera y dos hombres levantaron el cuerpo. Debajo de él, el suelo estaba limpio, sin rastros de sangre.

—Solo tiene que enviarme el informe, Lequeux.

Y entonces fue cuando Maigret pareció tomar posesión de su muerto: subió a la parte delantera del furgón y dejó a los otros plantados.

Así fue toda la noche. Y lo mismo por la mañana. Se hubiera dicho que el cuerpo le pertenecía, que aquel muerto era su muerto.

Había dado órdenes para que Moers, uno de los especialistas de la policía científica, lo esperase en el Instituto Forense. Moers era joven, delgado y alto; no sonreía jamás y gruesos cristales cubrían sus tímidos ojos.

—Manos a la obra, muchacho.

También había avisado al doctor Paul, que llegaría de un momento a otro. Con ellos solo se había quedado un guardia y, en los cajones helados, los muertos anónimos que se habían encontrado en París en los últimos días.

La luz era cruda; las palabras, escasas; los gestos, precisos. Parecían obreros concienzudos inclinados sobre un delicado trabajo nocturno.

En los bolsillos no hallaron casi nada. Una paquete de tabaco barato y un librillo de papel de fumar, una caja de cerillas, un cortaplumas bastante ordinario, una llave de un modelo antiguo, un lápiz y un pañuelo sin marcas. Algunas monedas en el bolsillo del pantalón, pero nada en la cartera, ningún documento de identidad.

Moers cogía las prendas una a una, con precaución, e iba introduciéndolas en unas bolsas de papel impermeable que cerraba enseguida. Lo mismo hizo con la camisa, los zapatos y los calcetines. Todo ello era de una calidad corriente. La chaqueta llevaba una etiqueta de una tienda de confecciones del bulevar Sébastopol, y el pantalón, más nuevo, no era del mismo color.

El muerto estaba ya desnudo cuando llegó el doctor Paul, con la barba bien recortada y los ojos despejados, a pesar de que lo habían despertado a medianoche.

—Veamos qué cuenta este pobre muchacho, mi buen Maigret.

Porque ahora se trataba de hacerle hablar. Era la rutina. En otras circunstancias, Maigret se habría ido a dormir y por la mañana habría recibido en su despacho los diversos informes.

Ahora insistía en estar presente en todo, con la pipa entre los dientes, las manos en los bolsillos y la mirada vaga y soñolienta.

Antes de abrir, el doctor tuvo que esperar a los fotógrafos, que se habían retrasado, y Moers aprovechó el respiro para limpiar cuidadosamente las uñas del cadáver, lo mismo las de las manos que las de los pies, recogiendo con atención los más pequeños residuos en bolsitas en las que escribía signos cabalísticos.

—No va a ser fácil darle un aspecto agradable —indicó el fotógrafo tras examinar la cara del muerto.

Trabajo rutinario siempre. Primero las fotos del cuerpo, de la herida. Después, para la difusión en los periódicos, con fines de identificación, una fotografía de la cara, pero una fotografía lo más parecida a la vida posible. Por eso ahora el técnico estaba ocupado en maquillar al muerto, el cual, bajo la fría luz, aparecía más pálido que nunca, pero con las mejillas sonrosadas y la boca pintada exageradamente.

—Todo suyo, doctor.

—¿Se queda, Maigret?

Se quedó. Hasta el final. Eran ya las seis y media de la mañana cuando el doctor Paul y él se fueron a tomar un café con licor en un bar que acababa de abrir sus postigos.

—Supongo que no tendrá usted necesidad de esperar mi informe... Diga, ¿es un asunto importante?

—No lo sé.

A su alrededor, los obreros desayunaban con los ojos todavía cargados de sueño, y la niebla matinal ponía perlas de humedad en los abrigos. Hacía fresco. En la calle, todo el mundo iba precedido de una nubecilla de vapor. En los pisos de las casas, las ventanas iban iluminándose una tras otra.

—Le diré, ante todo, que se trata de un hombre de condición modesta. Probablemente tuvo una infancia pobre y poco cuidada, por lo que deduzco de la formación de los huesos y los dientes. Sus manos no denotan un oficio determinado. Son fuertes, pero están relativamente cuidadas. El hombre no debía de ser un obrero. Tampoco un empleado, pues sus dedos carecen de deformaciones, por muy ligeras que sean, que indiquen que ha escrito mucho, a mano o a máquina. Por el contrario, tiene los pies sensibles y aplastados como los de quien se pasa la vida de pie.

Maigret no tomaba notas; todo esto se le iba grabando en la memoria.

—Pasemos a la cuestión importante: la hora del crimen. Sin temor a equivocarme, puedo fijarla entre las ocho y las diez de la noche.

A Maigret ya lo habían puesto al corriente por teléfono del testimonio de los noctámbulos y de la presencia de un Citroën amarillo en la plaza de la Concorde un poco antes de la una de la mañana.

—Dígame, doctor, ¿no nota nada anormal?

—¿Qué quiere decir?

Hacía treinta y cinco años que aquel doctor de barba casi legendaria era médico forense, y los asuntos criminales le eran más familiares que a la mayor parte de los policías.

—El crimen no ha sido cometido en la plaza de la Concorde.

—Eso es evidente.

—Probablemente perpetrado en un lugar alejado.

—Probablemente.

—Por lo general, cuando se corre el riesgo de transportar un cadáver, sobre todo en una ciudad como París, es para ocultarlo, para intentar hacerlo desaparecer o para retardar su descubrimiento.

—Tiene usted razón, Maigret. No había pensado en eso.

—Esta vez, por el contrario, nos encontramos ante gente que corre el riesgo de que la detengan o, en todo caso, de darnos una pista, al ir a depositar un cadáver en pleno corazón de París, en el sitio más visible, donde, aun en plena noche, era imposible que permaneciera ni diez minutos sin que fuese descubierto...

—Dicho de otro modo, los asesinos querían que fuese descubierto. Es lo que piensa usted, ¿verdad?

—No exactamente. Pero eso no importa.

—Por eso han tomado precauciones para que no pudiera reconocerse con facilidad. Los golpes en la cara no han sido hechos con el puño, sino con un instrumento pesado, cuya forma, por desgracia, soy incapaz de determinar.

—¿Antes de la muerte?

—Después. Unos minutos después.

—¿Está seguro de que fue solo unos minutos después?

—Juraría que menos de media hora. Además, Maigret, hay otro detalle que es probable que no indique en mi informe, porque no estoy seguro y no quiero que me contradigan los abogados cuando el asunto pase al tribunal de lo penal. Como ha visto usted, he examinado detenidamente la herida. He tenido oportunidad de estudiar centenares de cuchilladas. Juraría que esta no ha sido dada de improviso. Imagine a dos hombres de pie, discutiendo. Están frente a frente y uno de ellos da la cuchillada. Le sería imposible producir una herida como la que he examinado. La cuchillada tampoco se ha dado por la espalda. Al contrario, suponga que alguien está sentado, o incluso en pie, pero ocupado en otra cosa. Se le acercan lentamente por detrás, le pasan una mano alrededor y le hunden el cuchillo con precisión, con vigor... Mire más exactamente es como si la víctima hubiera sido atada o mantenida inmóvil y, entonces, alguien la hubiera «operado» tal cual... ¿Comprende?

—Comprendo.

Maigret sabía muy bien que al marido de Nine no podían atacarlo por sorpresa, pues llevaba veinticuatro horas huyendo de sus asesinos.

Lo que para el doctor Paul no era más que un problema en cierto modo teórico, a ojos de Maigret revestía una humanidad más cálida.

A él se le había concedido oír la voz del hombre. Casi lo había visto. Lo había seguido paso a paso, de taberna en taberna, en el curso de su recorrido de terror, a través de ciertos barrios de París, siempre los mismos, en el sector Châtelet-Bastille.

Los dos hombres iban caminando por la calle que seguía el río. Maigret fumaba su pipa y el doctor cigarrillo tras cigarrillo —nunca dejaba de fumar durante las autopsias, y decía a menudo que el tabaco era el mejor antiséptico—. Apuntaba el alba. Filas de barcazas comenzaban a descender por el Sena. Se veía a los vagabundos, ateridos por el frío de la noche, subir con los miembros entumecidos las escaleras de los muelles en los que habían dormido al abrigo de algún puente.

—Lo mataron poco después de su última comida, quizá justo después.

—¿Sabe lo que comió?

—Una sopa de guisantes, brandada de bacalao y una manzana. Bebió vino blanco. También he encontrado en el estómago restos de licor.

Vaya. Justo pasaban delante de Aux Caves du Beaujolais, cuyo dueño acababa de quitar los postigos del escaparate. Se veía la sala oscura y se percibía al vuelo el olor del vinazo.

—¿Va usted para su casa? —preguntó el doctor, que se disponía a tomar un taxi.

—Voy a subir a la policía científica.

El enorme edificio del Quai des Orfèvres estaba casi vacío, con el equipo de barrenderos por los pasillos y en las escaleras, aún impregnadas de la humedad del invierno.

En su despacho, Maigret encontró a Lucas, que acababa de dormirse en el sillón del comisario.

—¿Nada nuevo?

—Los periódicos tienen la fotografía. Solo algunos la publicarán en la edición de la mañana, pues la han recibido tarde.

—¿El coche?

—Ya voy en la edición del tercer Citroën amarillo, pero ninguno encaja.

—¿Has llamado a Janvier?

—Estará aquí a las ocho para relevarme.

—Si preguntan por mí, estoy arriba. Diles a los de la centralita que me pasen todas las llamadas.

No tenía sueño, pero se sentía pesado; sus movimientos eran más lentos que de costumbre. Subía por una escalera estrecha, prohibida al público, que conducía a los altos del Palacio de Justicia. Entreabrió una puerta de cristales deslustrados, vislumbró a Moers inclinado sobre los aparatos y, siguiendo su camino, penetró en los registros.

Antes siquiera de empezar a hablar, el especialista de huellas dactilares movió negativamente la cabeza.

—Nada, señor comisario.

O dicho de otro modo: el marido de Nine no había tenido nunca relación alguna con la justicia francesa.

Maigret salió de la sala de fichas y volvió junto a Moers. Se quitó el abrigo y, después de un momento de duda, también la corbata, que le apretaba.

El muerto no se encontraba allí, pero estaba tan presente como en el casillero del Instituto Forense —el número 17— donde lo había instalado el guardia.

Se hablaba poco. Cada uno seguía su trabajo sin darse cuenta de que un rayo de sol se filtraba ya por la ventana abuhardillada. En un rincón había un maniquí articulado que había servido a menudo a Maigret y que ahora él volvía a usar.

Moers, que había estado sacudiendo la ropa del muerto en sus bolsas respectivas, estaba analizando el polvo recogido.

También Maigret se preocupaba de esa ropa. Con gestos cuidadosos de escaparatista, empezando por la camisa y los calzoncillos, se puso a vestir al maniquí, que tenía más o menos la talla del muerto.

Acababa de ponerle la chaqueta cuando entró Janvier, muy descansado, pues había dormido en su cama y no se había levantado hasta por la mañana.

—¿Qué hay, jefe? ¿Lo han cogido?

Buscó con la mirada a Moers, quien le hizo un guiño que significaba que el comisario no estaba de humor «parlanchín».

—Acaban de encontrar otro coche amarillo. Lucas, que es el que se ocupa de ello, dice que no es el nuestro. Para empezar, el número acaba en nueve y no en ocho...

Maigret había retrocedido para juzgar su obra.

—¿No te llama nada la atención? —preguntó.

—Espere... No. No veo nada. El hombre era un poco más bajo que el maniquí. La chaqueta parece demasiado corta.

—¿Eso es todo?

—La raja hecha por el cuchillo no es ancha...

—¿Nada más?

—No llevaba chaleco...

—Lo que a mí me llama la atención es que la chaqueta no es de la misma tela que el pantalón, ni del mismo color...

—A veces ocurre, ya sabe...

—Un momento. Mira el pantalón. Está casi nuevo. Forma parte de un traje. La chaqueta forma parte de otro traje, pero que data de al menos dos años.

—Eso parece, sí...

—Ahora bien, el hombre era bastante coqueto, si juzgamos por los calcetines, la camisa y la corbata... Llama a Aux Caves du Beaujolais y a las otras tabernas. Entérate de si a lo largo del día de ayer llevaba una chaqueta y un pantalón diferentes.

Janvier se instaló en un rincón y su voz dio a la estancia una especie de ruido de fondo. Llamaba a los cafés uno a uno, repitiendo hasta el infinito:

—Le llamo de la policía judicial. Soy el inspector que estuvo ayer allí. ¿Podría decirme si...?

Desgraciadamente, en ningún sitio el hombre se había quitado el impermeable. Quizá se lo hubiera entreabierto, pero nadie se había fijado en el color de su chaqueta.

—¿Qué haces tú cuando llegas a tu casa?

Janvier, que solo llevaba casado un año, contestó con una sonrisa maliciosa:

—Le doy un beso a mi mujer...

—¿Y después?

—Me siento y ella me trae las zapatillas.

—¿Y después?

El inspector reflexionó y se dio un golpe en la frente.

—¡Ya entiendo! Me cambio de chaqueta.

—¿Tienes una bata de casa?

—No. Me pongo una chaqueta vieja, con la que estoy más a gusto...

Y he aquí cómo unas simples palabras daban de pronto al desconocido un aspecto más íntimo. Se lo imaginaba uno llegando a su casa y quizá, como Janvier, besando a su mujer. Luego se quitaba la chaqueta nueva para ponerse la vieja. Y comía.

—¿A qué día estamos?

—En jueves.

—Luego ayer era miércoles. ¿Comes a menudo en restaurantes? ¿En restaurantes baratos, como los que debía de frecuentar nuestro hombre?

Maigret, mientras hablaba, le iba poniendo el impermeable beis al maniquí. El día anterior, hacia la misma hora o un poco más tarde, esa gabardina estaba todavía en los hombros de un hombre vivo que entraba en Aux Caves du Beaujolais, allí, casi antes los ojos de los dos policías, pues no tenían más que asomarse al tragaluz y mirar al otro lado del Sena para ver el escaparate.

Y llamaba a Maigret. No pedía hablar con un comisario o con un inspector, ni, como algunos que creen su caso muy importante, con el director de la policía judicial.

Quería hablar con Maigret.

«Usted no me conoce», le había confesado.

Pero había añadido:

«Usted conoció a Nine, mi mujer...».

Janvier se preguntaba adónde querría ir a parar el jefe con aquella historia de los restaurantes.

—¿Te gusta la brandada de bacalao?

—Me encanta. Me sienta fatal, pero, a pesar de todo, la como cada vez que tengo ocasión.

—Exactamente. ¿Tu mujer te la hace a menudo?

—No. Exige mucho trabajo. Es un plato que se prepara pocas veces en casa.

—O sea, que te la comes en un restaurante cuando hay.

—Sí.

—¿Suele estar en el menú?

—No lo sé... Espere... Los viernes, a veces.

—Y ayer era miércoles... Ponme con el doctor Paul.

El doctor, que estaba redactando su informe, no se extrañó de la pregunta de Maigret.

—¿Podría usted decirme si había trufas en la brandada?

—Seguro que no. Habría encontrado algún pedazo.

—Muchas gracias. Ahí lo tiene, Janvier: no había trufas en la brandada. Eso elimina los restaurantes de lujo, donde suelen ponerlas en ese plato. Vas a bajar al despacho de los inspectores. Que te ayuden Torrence y dos o tres más. El telefonista va a refunfuñar, pero ocuparéis las líneas un rato. Llamad a los restaurantes uno tras otro, empezando por los que se encuentran en los barrios por donde estuviste ayer. Averigua si alguno tenía brandada de bacalao en el menú de la cena. Espera... Empieza primero por los que tienen un nombre meridional, pues seguramente en esos hay más probabilidades.

Janvier se marchó, no muy satisfecho del trabajo que le habían encomendado.

—¿Tienes un cuchillo, Moers?

Avanzaba la mañana y Maigret seguía al lado de su muerto.

—Coloca la punta en el desgarrón del impermeable... Vale..., ahora no te muevas.

Levantó ligeramente la prenda para ver la chaqueta por debajo.

—Los rotos de las dos prendas no coinciden. Ahora métedo de otra manera... A la izquierda... A la derecha... Por arriba... Por abajo...

—De acuerdo.

Algunos técnicos y empleados que habían comenzado su trabajo en el inmenso laboratorio los miraban de reojo e intercambiaban sonrisas divertidas.

—Esto sigue sin encajar... Hay más de cinco centímetros de diferencia entre el roto de la chaqueta y el de la gabardina... Dame una silla... Ayúdame...

Sentaron al maniquí, lo que requería precauciones infinitas.

—Bueno. Cuando un hombre está sentado y apoyado en una mesa, por ejemplo, se le puede levantar algo el abrigo... Trata de...

Pero por más que lo intentaban no podían hacer coincidir los dos rotos, que debían lógicamente encontrarse uno encima de otro.

—Ya está —dijo por último Maigret, como si acabara de resolver una ecuación difícil.

—¿Quiere usted decir que cuando lo mataron no llevaba puesto el impermeable?

—Estoy casi seguro.

—Pero este roto parece hecho por un cuchillo.

—Lo hicieron después, para que pareciera eso. Como en casa o en un restaurante uno no lleva gabardina, se han molestado en hacer este agujerito para que lleguemos a la conclusión de que la cuchillada se la dieron en la calle. Y si se han tomado esa molestia...

—... es que el crimen ha sido cometido en el interior —terminó Moers.

—Por esa misma razón han corrido el riesgo de transportar el cuerpo hasta la plaza de la Concorde, donde no se cometió el crimen.

Vació la pipa golpeándola contra el tacón, fue a buscar su corbata y contempló de nuevo el maniquí, que parecía más vivo ahora que estaba sentado. De espaldas y de perfil, cuando no se le veían los rasgos ni el color, el efecto era completo.

—¿Has encontrado algún indicio?

—Hasta ahora, casi nada. Todavía no he acabado. Pero en la suela del zapato hay pequeñas cantidades de un barro bastante curioso. Es tierra impregnada de vino, como el que puede haber en una bodega de pueblo cuando perforan una barrica.

—Sigue con ello. Luego me llamas.

Cuando entró en el despacho del director, este lo recibió diciéndole:

—¿Qué hay, Maigret? ¿Y «su muerto»?

Era la primera vez que se pronunciaba la frase. Por lo visto le habían contado al director de la policía judicial que desde las dos de la madrugada el comisario no había dejado de seguir la pista.

—Al final se lo han cargado, ¿eh? Confieso que ayer habría dicho que se las veía usted con un farsante o con un perturbado.

—Yo no. Creí lo que me decía desde la primera llamada...

¿Por qué? No habría sabido explicarlo. Desde luego no porque el hombre lo hubiera llamado a él personalmente. Mientras conversaba con el director, dejaba errar la mirada por la calle de enfrente, paralela al río e inundada de sol.

—El fiscal le ha encargado la instrucción al juez Coméliau. Irán esta mañana al Instituto Forense. ¿Irá usted también?

—¿Para qué?

—Al menos vaya a ver a Coméliau, o llámele por teléfono. Es bastante susceptible.

Maigret sabía algo al respecto.

—¿No cree que se trate de un ajuste de cuentas?

—No lo sé. Lo comprobaré, pero no me da esa impresión. La gente de ese ambiente no suele molestarse en exponer a sus víctimas en la plaza de la Concorde.

—En fin. Haga lo que mejor le parezca. No tardará en reconocerlo alguien, supongo.

—Me extrañaría.

Maigret tenía una intuición que le habría costado explicar. Era algo interno que, cuando intentaba precisarlo, aunque fuera para él mismo, se volvía confuso.

Seguía dándole vueltas al asunto de la plaza de la Concorde. Había interés por que se encontrara el cadáver, y que se encontrara pronto. Habría sido más fácil, y menos peligroso, por ejemplo, tirarlo al Sena, donde habría estado varios días, o quizá semanas, antes de que lo pescaran.

Y no se trataba de un hombre rico o famoso, sino de un hombrecillo insignificante.

—Pero, si querían que la policía se ocupara de él, ¿por qué destrozarle la cara después de la cuchillada y quitarle de los bolsillos todo lo que pudiera servir de identificación?

Sin embargo, no habían descosido la marca de la chaqueta. Porque sabían, evidentemente, que se trataba de trajes de confección de los que se venden a millares.

—Parece usted preocupado, Maigret.

Y Maigret no hacía más que repetir:

—No encaja...

Demasiados detalles que no cuadraban. Uno en particular lo molestaba personalmente, incluso lo ofendía.

¿A qué hora había tenido lugar el último contacto? En resumen, la última señal de vida de aquel hombre era la nota enviada por la estafeta de Saint-Denis.

Y en pleno día. Desde las once de la mañana, el desconocido había aprovechado toda ocasión de ponerse en contacto con el comisario.

En la nota apelaba a él con más urgencia que nunca. Le pedía incluso que enviase agentes para que a la menor señal alguno de ellos pudiera ayudarlo.

Sin embargo, lo habían matado entre las ocho y las diez de la noche.

¿Qué había hecho desde las cuatro hasta las ocho? No había ningún rastro de él, ninguna huella. Silencio, un silencio que la víspera había impresionado a Maigret, aun cuando nada se sabía todavía. Aquello le había recordado cierta catástrofe submarina a la que el mundo entero había en cierta manera asistido minuto a minuto gracias a la radio. A una hora determinada todavía se oían las señales de los hombres encerrados en el sumergible hundido en el fondo del mar. Se imaginaba uno a los barcos salvadores cruzando por encima. Poco a poco, las señales se habían vuelto más escasas. Luego, de pronto, durante horas, el silencio.

Por su parte, el desconocido, el muerto de Maigret, no había tenido ninguna razón justificada para callarse. Y no habían podido quitarlo de en medio durante el día en las animadas calles de París. No lo habían matado antes de las ocho.

Todo hacía suponer que había vuelto a su casa, ya que se había cambiado de chaqueta.

Había cenado en su domicilio o en un restaurante. Y había cenado en paz, puesto que había tenido tiempo de tomar una sopa, brandada de bacalao y una manzana. Hasta la manzana daba una idea de tranquilidad...

¿Por qué había estado callado al menos cuatro horas?

No había dudado en molestar al comisario varias veces y en suplicarle que pusiese en movimiento el aparato policiaco.

Luego, de pronto, después de las cuatro, era como si hubiese cambiado de idea, como si hubiera querido dejar a la policía fuera del asunto.

Esto molestaba a Maigret. Aunque la expresión no es exacta, era como si su muerto hubiera cometido con él una infidelidad.

—¿Cómo va eso, Janvier?

El despacho de los inspectores se hallaba lleno de humo, y cuatro hombres de ojos cansados estaban utilizando otros tantos teléfonos.

—Nada de bacalao, jefe —dijo Janvier suspirando cómicamente—. Y ya estamos fuera del barrio. Estoy en el barrio de Montmartre, y Torrence va ya por la plaza de Clichy...

Maigret también llamó desde su despacho, pero a un pequeño hotel de la calle Lepic.

—En taxi, sí... Enseguida...

Encima de la mesa le habían dejado las fotografías del muerto tomadas durante la noche. También estaban los periódicos de la mañana, los informes y una nota del juez Coméliau.

—¿Eres tú, señora Maigret?... No muy mal... No sé todavía si podré ir a comer... No, no he tenido tiempo de ir a afeitarme. Veré si puedo pasarme por el barbero... Sí, he comido.

En efecto, fue a la barbería después de pedirle al ordenanza, el viejo Joseph, que hiciera esperar a un visitante que tenía que llegar. Solo hubo de cruzar el puente. Entró en la primera barbería que encontró en el bulevar Saint-Michel y echó una mirada cansada a los hinchados ojos que el espejo reflejaba.

Sabía que al salir no podría resistir las ganas de ir a beberse un vaso a Aux Caves du Beaujolais. En primer lugar, porque le gustaba mucho la atmósfera de aquellos cafetines donde no se ve nunca a nadie y donde el dueño charla familiarmente con uno. Y además porque también le gustaba el beaujolais, sobre todo cuando lo servían, como allí, en jarritas de barro. Pero había algo más. Estaba siguiendo a su muerto.

—Me ha producido un efecto extraño leer el periódico esta mañana, señor comisario. Poco lo vi, ya lo sabe usted, pero cuando pienso en él me doy cuenta de que me cayó bien. Me parece verlo de nuevo entrar gesticulando. Seguramente estaba asustado, pero aun así tenía buen humor. Apostaría a que en momentos normales era un bromista. Quizá se va a reír usted de mí, pero cuanto más lo miro, más me parece que tenía una cabeza cómica... Me recuerda a alguien... Hace horas que trato de recordar...

—¿Alguien que se le parece?

—Sí... No... Es más complicado... Me recuerda algo que no acabo de saber qué es... ¿No lo han identificado todavía?

Eso era raro, pero todavía no era anormal. Los periódicos habían aparecido por la mañana. Desde luego, la cara estaba desfigurada, pero no hasta el punto de resultar irreconocible para alguien de su familia, para su mujer o su madre, por ejemplo.

El hombre vivía en algún sitio, al menos en un hotel. No había vuelto a su domicilio en toda la noche.

Lógicamente, en el plazo de unas horas alguien debía reconocerlo o señalar su desaparición.

Sin embargo, Maigret no lo esperaba. Volvió a cruzar el puente con el sabor agradable y un poco áspero del beaujolais en la boca. Subió la deslucida escalera, donde algunos lo miraron con temor respetuoso.

Lanzó un vistazo a la sala de espera acristalada. Allí estaba su hombre, de pie, fumando un cigarrillo con desenvoltura.

—Por aquí.

Lo hizo entrar en su despacho y le indicó una silla mientras se quitaba el abrigo y el sombrero sin dejar de observar de reojo a su visitante. Este, en el sitio en que se encontraba, tenía ante los ojos las fotografías del muerto.

—¿Qué hay, Fred?

—A su disposición, señor comisario. No esperaba que me llamara usted... No veo nada que...

Era delgado, muy pálido, de una elegancia un tanto afeminada. De cuando en cuando, un estremecimiento de las aletas de la nariz delataba al drogadicto.

—¿No lo conoces?

—Nada más entrar, al ver las fotos, me he dado cuenta... Le han dado una buena, ¿eh?

—¿No lo has visto nunca?

Se veía que Fred desarrollaba conscientemente su oficio de confidente. Examinaba las fotografías con atención, acercándose incluso a la ventana para verlas mejor.

—No... Aunque...

Maigret se puso a cargar de nuevo la estufa mientras esperaba.

—¡Pues no! Juraría que no lo he visto nunca. Aunque me recuerda algo... Muy confuso... Desde luego no pertenece al ambiente... Aunque hubiera sido uno nuevo, ya lo habría reconocido...

—¿Qué es lo que te recuerda?

—Eso es lo que estoy tratando de entender... ¿Sabe qué profesión tenía?

—No.

—¿Ni el barrio donde vivía?

—Tampoco.

—No es de provincias, se ve...

—Estoy seguro.

Maigret había notado el día anterior que el hombre tenía un acento parisiense muy marcado, el acento de la gente corriente, la que se encuentra uno en el metro, en las tabernas del extrarradio, e incluso en las gradas del Velódromo de Invierno.

De hecho, se le acababa de ocurrir una idea. La comprobaría enseguida.

—¿Tampoco conoces a una tal Nine?

—A ver... Hay una en Marsella, de encargada en una casa de la calle Saint-Ferréol...

—No es esa, la conozco. Ella tiene por lo menos cincuenta años.

Fred miró la foto del hombre, que debía de rondar los treinta, y murmuró:

—Bueno, no es imposible, ¿eh?

—Coge una de las fotos. Busca. Enséñala por ahí.

—Cuente conmigo. Dentro de unos días espero tener un informe que darle. No sobre este sujeto, sino sobre un gran traficante de drogas. Hasta ahora solo lo conozco por el nombre de Jean. No lo he visto nunca. Pero sé que está detrás de toda una banda de vendedores. Yo les compro mercancía regularmente. Y me cuesta cara. Cuando se tiene mucha pasta...

Al lado, Janvier seguía en busca de la brandada.

—Tenía usted razón, jefe. Todo el mundo me dice que solo hacen brandada los viernes. Y no siempre. Y en Semana Santa algunas veces los miércoles, pero todavía queda mucho para Pascua...

—Déjale eso a Torrence. ¿Hay algo esta tarde en el Velódromo de Invierno?

—Espere, Voy a mirar en el periódico...

Había carreras ciclistas tras moto.

—Llévate una foto. Enséñasela a la taquillera, a los vendedores de naranjas y de cacahuetes... Da una vuelta por las tascas de los alrededores... Luego echa un vistazo por los cafés de la Porte Dauphine.

—¿Cree usted que le gustaba el deporte?

Maigret no lo sabía. Él también presentía algo, como los demás, como el dueño de Aux Caves du Beaujolais, como Fred, el confidente, pero era algo inaprensible, impreciso.

No se imaginaba a su muerto en una oficina, ni de vendedor en un almacén. Según Fred, no debía de ser de clase media.

Por el contrario, se encontraba a gusto en los pequeños bares populares.

Tenía una mujer llamada Nine. Y Maigret había conocido a esa mujer.

¿Con qué motivo? ¿Se habría jactado aquel hombre si el comisario la hubiera conocido como cliente?

—Dubonnet, ve a la brigada de buenas costumbres, y pide la lista de las chicas fichadas de los últimos años. Apunta la dirección de todas las Nines que encuentres y vete a verlas. ¿Entendido?

Dubonnet era un muchacho que acababa de salir de la academia, un poco estirado, siempre vestido de punta en blanco, de una cortesía extrema con todo el mundo y, quizá por ironía, Maigret le encargaba esos asuntos.

Envió también a otro a todos los cafetines de Châtelet, de la plaza des Vosges y de la Bastilla.

Mientras tanto, el juez Coméliau, que dirigía la instrucción desde su despacho, lo esperaba con impaciencia, sin entender por qué Maigret no se había puesto en contacto con él.

—¿Los Citroën amarillos?

—Ériau se encarga de eso.

Aquello era rutinario. Aunque de nada sirviera, había que hacerlo. En todas las carreteras de Francia, policías y gendarmes interrogaban a los conductores de Citroën amarillos.

También había que enviar a alguien a los almacenes del bulevar Sébastopol donde habían comprado la chaqueta del muerto, y luego a otros almacenes del bulevar Saint-Martin, de donde procedía el impermeable.

Durante ese tiempo, otros cincuenta asuntos reclamaban la atención de los inspectores. Entraban, salían, telefoneaban, escribían sus informes. La gente esperaba en los pasillos. Los inspectores corrían del departamento de «pensiones» al de «buenas costumbres», y de «buenas costumbres» a la policía científica.

Al teléfono, la voz de Moers:

—Oiga, jefe... Un pequeño detalle, seguramente sin importancia... Estoy encontrando tan pocas cosas que se lo digo enseguida, por si acaso. He recogido algunos cabellos, como de costumbre. El análisis indica huellas de carmín de labios.

Aquello era casi cómico, pero nadie se reía. Una mujer había besado al muerto de Maigret en el pelo, una mujer que llevaba pintalabios.

—... añadiré que el carmín es caro, y que la mujer es seguramente morena, porque el pintalabios es bastante oscuro.

¿Había sido la víspera cuando una mujer besara al desconocido? ¿Estaba ella en la casa de él, a la que había vuelto para cambiarse la chaqueta?

Si se había cambiado, era que no pensaba volver a salir. Un hombre que llega a su casa para estar solamente una hora no se molesta en cambiarse de ropa.

O quizá lo habían llamado de improviso... Pero ¿era creíble que si lo perseguían, estando aterrado hasta el punto de correr por las calles de París gesticulando y llamando sin cesar a la policía, iba a arriesgarse a salir de su casa después de caer la noche? Un mujer lo había besado en el cabello. O simplemente había apoyado la cara contra su mejilla. De todas formas, era un gesto de ternura.

Maigret suspiró mientras llenaba una nueva pipa. Miró la hora. Eran las doce y unos minutos.

Poco más o menos la misma hora a la que, el día anterior, el hombre atravesaba la plaza des Vosges, donde cantaban las fuentes.

El comisario franqueó la puertecita que comunicaba a la policía judicial con el Palacio de Justicia. Por los pasillos, las togas de los abogados flotaban como grandes pájaros negros.

—Vamos a ver al viejo mono —dijo con un suspiro Maigret, que nunca había podido aguantar al juez Coméliau.

Sabía demasiado bien que este lo recibiría con una frase helada que constituía para él el más sangrante de los reproches: «Le estaba esperando, señor comisario...». Y habría sido capaz de decir: «Casi he tenido que esperar...».

A Maigret le importaba un bledo todo eso.

Desde las dos y media de la madrugada, Maigret vivía con «su muerto».

3

—Es un gran placer, señor comisario, tenerle finalmente al aparato.

—Crea usted, señor juez, que el placer es mío.

La señora Maigret levantó rápidamente la cabeza. Siempre se sentía incómoda cuando su marido adoptaba ese tono tranquilo y bonachón, y cuando lo usaba con ella siempre terminaba llorando, desconcertada.

—Le he llamado a usted cinco veces a su despacho.

—¡Y yo no estaba allí! —suspiró Maigret consternado.

Ella le hizo señas de que tuviera cuidado, que no olvidara que estaba hablando con un juez, cuyo cuñado había sido dos o tres veces ministro.

—Acaban de decirme que está usted enfermo...

—Un poco, señor juez. La gente exagera siempre. Un fuerte constipado. O, por lo menos, a mí me parece bastante fuerte...

Quizá fuera el hecho de encontrarse en casa, en pijama, con su cómoda bata, con los pies enfundados en sus pantuflas, arrellanado en su butacón, lo que inspiraba a Maigret aquel buen humor.

—Lo que me extraña es que no me haya hecho saber quién le reemplaza.

—¿Reemplazarme dónde?

El tono del juez Coméliau era seco, frío, voluntariamente impersonal, mientras que el del comisario, por el contrario, era cada vez más bonachón.

—Me refiero al asunto de la plaza de la Concorde. ¡Supongo que no lo habrá olvidado usted!

—Estoy pensando en él todo el día. Hace un momento mismo le decía a mi mujer...

Esta le hacía señas vehementes para que no la mezclase en aquella historia. El piso era pequeño y cálido. Los muebles del comedor, de encina oscura, eran de la época del matrimonio de Maigret. Enfrente, a través del tul de los visillos, se leía en grandes letras negras sobre una pared blanca: LHOSTE Y PÉPIN - MATERIAL DE PRECISIÓN.

Hacía treinta años que Maigret veía esas palabras todos los días, por la mañana y por la tarde, con la amplia puerta del almacén debajo, en la que siempre había dos o tres camiones en los que se leían las mismas palabras, todo lo cual le resultaba agradable.

Sí, señor. Aquello le gustaba. En cierto modo las acariciaba con la mirada. Después, invariablemente, miraba, más arriba, la trasera de una casa lejana, con su ropa tendida a secar en las ventanas, y en una de estas, cuando llegaba el buen tiempo, un geranio rojo.

Seguramente no sería el mismo geranio, pero él habría jurado que aquel tiesto estaba allí, como él mismo, desde hacía treinta años. Y todo aquel tiempo Maigret no había visto ni una sola vez a nadie asomado a la ventana o regando la planta. No cabía duda de que alguien vivía en aquella habitación, pero sus horas no debían de coincidir con las del comisario.

—¿Piensa usted, señor Maigret, que en su ausencia sus subordinados llevarán la investigación con toda la diligencia deseada?

—Estoy seguro de ello, señor Coméliau. No hay la menor duda. No sabe usted hasta qué punto, para dirigir una investigación como esta, se está bien en una habitación tranquila y calentita, en un sillón, en casa, lejos de todo ajetreo, solo con un teléfono al alcance de la mano, junto a un tazón de tisana. Le voy a confiar un pequeño secreto: me pregunto si estaría yo enfermo si esta investigación no existiera... Seguramente no, porque fue en la plaza de la Concorde, la noche que se descubrió el cuerpo, donde cogí frío. O quizá por la mañana, de madrugada, cuando íbamos caminando junto al río el doctor Paul y yo, después de la autopsia. Pero no es eso lo que quiero decir. Sin la investigación, este resfriado no sería más que un resfriado al que se trata con desprecio, ¿comprende?

La cara del juez Coméliau, en su gabinete, debía de estar amarilla o quizá verdosa, y la pobre señora Maigret ya no sabía a qué santo encomendarse. ¡Con el respeto que sentía ella por las buenas relaciones, por todas las jerarquías!

—Admitamos que aquí, en mi casa, con mi mujer para cuidarme, me siento mucho más tranquilo para pensar en la investigación y para dirigirla. Nadie me molesta, o muy poco...

—¡Maigret! —intervino su compañera.

—¡Chis!

El juez estaba diciendo:

—¿A usted le parece normal que, después de tres días, no hayan identificado aún a ese hombre? Todos los periódicos han publicado su fotografía. Según me ha dicho usted mismo, existe una mujer...

—Él me lo dijo, en efecto.

—Déjeme hablar, se lo ruego. Existe una mujer; probablemente amigos. Existen también vecinos, un propietario..., ¿qué sé yo? Gente que estaba acostumbrada a verlo pasar a determinadas horas. Pero todavía no se ha presentado nadie para reconocerlo. O para denunciar su desaparición. Claro que no todo el mundo conoce el camino al bulevar Richard-Lenoir...

Pobre bulevar Richard-Lenoir... ¿Por qué diablos tenía tan mala reputación? Sin duda, porque desembocaba en la Bastilla. Sin duda, porque se hallaba rodeado de callecitas populosas. Y el barrio estaba lleno de talleres y almacenes. Pero el bulevar era amplio, y hasta crecía hierba en medio. Bien es verdad que corría por encima del metro, cuyas bocas se abrían aquí y allá, tibias y oliendo a lejía, y cada dos minutos, cuando pasaban los trenes, un curioso temblor se apoderaba de las casas.

Cuestión de habituarse. Durante los últimos treinta años, amigos y colegas habían encontrado para él cien veces un apartamento en los que ellos llamaban barrios más alegres. Él iba a ver el apartamento. Mascullaba:

—Desde luego, está bien...

—¡Y qué vistas, Maigret!

—Sí...

—Las habitaciones son grandes, luminosas...

—Sí. Es perfecto. Me gustaría vivir aquí. Pero... —Se tomaba su tiempo antes de suspirar y decir, bajando la cabeza—: Es que haría falta hacer una mudanza...

Tanto peor para aquellos a los que no gustaba el bulevar Richard-Lenoir. Tanto peor para el juez Coméliau.

—Dígame, señor juez, ¿se le ha ocurrido alguna vez meterse un guisante seco en la nariz?

—¿Cómo dice?

—Un guisante seco, digo. Recuerdo que jugábamos a eso cuando yo era pequeño. Inténtelo. Y mírese enseguida en el espejo. Se sorprenderá del resultado. Me parece que con un guisante en la nariz pasaría usted al lado de la gente que lo ve todos los días sin que lo reconociesen. Nada cambia más una fisonomía. Y son las personas más acostumbradas a vernos a las que desconcierta más el menor cambio. Ahora bien, usted no ignora que la cara de nuestro hombre la han deformado mucho más que si tuviera un pequeño guisante en la nariz. Y hay otra cosa. A los hombres les cuesta trabajo imaginar que su vecino de piso, su colega de oficina, el camarero que les sirve todos los días, pueda de pronto ser diferente de lo que es y transformarse en asesino o en víctima, por ejemplo. Se conocen los crímenes por los periódicos, y uno se figura que aquello pasa en otro mundo, en otra esfera. No en *su* calle. No en *su* casa.

—En definitiva, que a usted le parece natural que nadie lo haya reconocido todavía.

—No me extraña demasiado. Recuerdo el caso de un ahogado con el que estuvimos seis meses así. Y eso era en los tiempos de la antigua morgue, cuando no existía la refrigeración y solo corría un hilito de agua de un grifo que había encima de cada cuerpo.

La señora Maigret suspiró, renunciando a hacer callar a su marido.

—O sea, que usted está satisfecho. Han matado a un hombre y, después de tres días, no solamente no tenemos ningún rastro del asesino, sino que no sabemos nada de la víctima.

—Sé un montón de pequeñas cosas, señor juez.

—Tan pequeñas que sin duda no merece la pena comunicarlas, aunque yo sea el responsable de la instrucción...

—Mire. Por ejemplo, el hombre era coqueto. Quizá no tenía muy buen gusto, pero era coqueto, como lo indican sus calcetines y su corbata. Ahora bien: con un pantalón gris y una gabardina, llevaba calzado de cabritilla negra, unos zapatos muy buenos.

—Muy interesante, en efecto.

—Muy interesante, sí. Sobre todo porque vestía también una camisa blanca. ¿No pensaría usted que un hombre al que le gustan los calcetines malva y las corbatas estampadas habría preferido una camisa de color, o al menos rayada o con pequeños dibujos? Entre usted en una taberna como esas a las que nos condujo él y donde parecía estar tan a gusto. Verá usted allí muy pocas camisas completamente blancas.

—¿Ha terminado?

—Espere. En dos de esas tabernas, por lo menos, y lo sabemos porque Torrence ha vuelto por allí, pidió un suze de limón, como si tuviera esa costumbre.

—¡De modo que conocemos sus gustos en materia de aperitivos!

—¿Usted se ha tomado alguna vez un suze, señor juez? Es una bebida amarga, con muy poco alcohol. No es de esos aperitivos que se sirven todo el tiempo, y he tenido ocasión de darme cuenta de que quienes adoptan la costumbre de pedirlo son por lo general personas que no van a los cafés para darse el pequeño empujón de alegría del aperitivo, sino que van allí profesionalmente, por ejemplo los viajantes de comercio, que se ven obligados a aceptar numerosas rondas.

—¿Deduce usted que el muerto era viajante de comercio?

—No.

—¿Y entonces?

—Espere. Cinco o seis personas lo vieron, y tenemos sus declaraciones. Ninguna de ellas nos ha dado una descripción detallada. La mayor parte de ellas hablan de un tipo bajito y gesticulante... ¡Ah!, se me olvidaba un detalle que ha descubierto Moers esta mañana. Moers es un muchacho muy meticuloso. Nunca está satisfecho con su trabajo y le da muchas vueltas sin que nadie se lo pida. Pues bien, ha descubierto que el muerto andaba a lo pato.

—¿Cómo?

—A lo pato. Con las puntas de los pies hacia afuera, si lo prefiere usted.

Hizo señas a la señora Maigret para que le llenase una pipa y vigiló la operación con el rabillo del ojo, recomendando con gestos que no apretase demasiado el tabaco.

—Le estaba hablando, pues, de las descripciones que tenemos de él. Son muy confusas y, sin embargo, de las cinco personas, dos tienen la misma impresión. «No estoy seguro...», dice el dueño de Aux Caves du Beaujolais, «no es nada preciso..., pero me recuerda algo... Pero ¿qué?...». Y sin embargo, no era un actor de cine. Ni siquiera un extra. Un inspector ha visitado los estudios. Tampoco era un político, ni un magistrado...

—¡Maigret! —protestó su mujer.

Encendió la pipa sin dejar de hablar, entremezclando las palabras con las caladas.

—Piense, señor juez, a qué profesión pueden corresponder esos detalles.

—No soy aficionado a las charadas.

—Cuando uno se ve obligado a quedarse en casa dispone de tiempo para reflexionar, ¿sabe? Y se me olvidaba lo más importante. Desde luego, se ha buscado en los entornos más dispares. En las carreras ciclistas y en los partidos de fútbol no se ha encontrado nada. También he hecho preguntar a todos los empresarios de la MUA.

—¿Cómo?

—La Mutua Urbana de Apuestas. Ya sabe, esos cafés donde se puede apostar a las carreras sin moverse... No sé por qué me parecía que mi buen hombre frecuentaba las agencias de la MUA. Pues tampoco eso ha resultado.

Su paciencia era angelical. Se habría dicho que prolongaba con placer aquella entrevista telefónica.

—Sin embargo, en las carreras Lucas ha tenido más suerte. Ha costado mucho tiempo. Y no se puede hablar de reconocimiento formal..., siempre a causa de las deformaciones de la cara. No olvide usted tampoco que no estamos acostumbrados a ver a la gente muerta, sino viva, y que un hombre cambia mucho al convertirse en cadáver. A pesar de todo, en los hipódromos algunas personas se acuerdan de él.

No era un cliente del pesaje, sino del *turf*. Según un agente de apuestas, era bastante asiduo.

—¿No le ha bastado eso para descubrir su identidad?

—No. Pero eso y lo demás, todo lo que le he contado, me permite decir, con casi completa seguridad, que pertenecía a la «limonada».

—¿La limonada?

—Es una denominación consagrada, señor juez. Engloba a los camareros de café, los pinches de restaurante, los *barmen* e incluso los patrones. Es una palabra profesional para designar a todos los que se ocupan de servir bebidas. ¿No se ha fijado en que todos los camareros de café se parecen? No quiero decir que se parezcan realmente, pero todos tienen un aire de familia. Seguro que muchas veces ha tenido la impresión de reconocer a un camarero al que no había visto nunca. Casi todos tienen los pies delicados y se les nota enseguida. Mire usted sus pies. Llevan calzado fino y suave, casi pantuflas. No verá usted nunca a un camarero o a un *maître* con zapatos deportivos de triple suela. También tienen profesionalmente la costumbre de las camisas blancas. Y no digo que sea obligatorio, pero hay un porcentaje importante que anda como un pato. Y agrego que, por una razón que ignoro, los camareros cultivan una marcada afición por las carreras de caballos, y que muchos de ellos, que trabajan a primera hora de la mañana o por la noche, frecuentan asiduamente los hipódromos.

—Total, que usted deduce que nuestro hombre era camarero.

—No. No exactamente.

—Pues ya no lo entiendo.

—Pertenecía a la limonada, pero no era camarero. He pensado en ello durante muchas horas, mientras dormitaba.

Cada palabra debía de provocarle un brinco al juez, que sin duda estaba como esculpido en hielo.

—Todo lo que acabo de decir de los camareros, en efecto, se aplica también a los patrones de tabernas. No me tache usted de vanidoso, pero desde el principio he tenido la impresión de que mi muerto no era un simple empleado, sino alguien establecido por su cuenta. En vista de ello, esta mañana a las once he llamado a Moers. La camisa se encuentra todavía en la policía científica. No me acordaba del estado en que estaba. Moers la ha examinado de nuevo. Fíjese en que el azar ha estado de nuestra parte, pues la camisa podía haber sido nueva. Todo el mundo se pone una camisa nueva de vez en cuando, pero casualmente esta no lo es. Incluso está bastante gastada por el cuello.

—¿Entonces es que los dueños de bar desgastan sus camisas por el cuello?

—No, señor juez; sus cuellos se desgastan igual que los de todo el mundo. Pero no las desgastan por los puños. Me refiero los pequeños bares populares, no a los bares americanos de la Ópera o de los Champs-Élysées. Un dueño de bar, que está todo el día metiendo las manos en el agua y en el hielo, siempre va arremangado. Y me lo ha confirmado Moers. La camisa, que está gastada en el cuello hasta el punto de hallarse un poco deshilachada, no tiene ningún desgaste en los puños.

Lo que comenzaba a desconcertar a la señora Maigret era que su marido hablaba en aquel momento con un aire de profunda convicción.

—Y a eso súmele usted la brandada...

—¿Se trata de una afición especial de los dueños de bares pequeños?

—No, señor juez. Pero París está lleno de pequeños bares en los que se sirve de comer a algunos de los clientes. Sin mantel, ¿sabe usted? En la misma mesa. A menudo es la dueña la que cocina. Generalmente solo se sirve el plato del día. En esos bares, en los que hay horas sin público, el dueño tiene libre buena parte de la tarde. Por eso, desde esta mañana, dos inspectores recorren las calles de todos los barrios de París, empezando por el del Hôtel de Ville y el de la Bastilla. Habrá usted observado que nuestro hombre se movía siempre por esos parajes. Los parisienses se sienten orgullosos de su barrio, y llegan a creer que solo en él se encuentran a salvo.

—¿Espera usted hallar una solución próximamente?

—Espero hallar una solución, pronto o tarde. Veamos..., ¿le he dicho ya todo? Solo me queda hablarle de la mancha de barniz.

—¿Qué mancha de barniz?

—En el fondillo del pantalón. También la ha descubierto Moers. Aunque apenas se ve. Afirma que es barniz fresco. Y agrega que ese barniz se aplicó a un mueble hace tres o cuatro días. He ordenado que se investigue en las estaciones, empezando por la de Lyon.

—¿Y por qué la estación de Lyon?

—Porque es como la prolongación del barrio de la Bastilla.

—¿Y por qué una estación?

Maigret suspiró. Dios mío... Qué largo resultaba explicarlo... ¿Cómo podía un juez de instrucción carecer del más elemental sentido de la realidad? ¿Cómo una persona que no había puesto nunca los pies en una taberna, ni en una MUA, ni en la hierba de los hipódromos; cómo una persona que no sabía lo que significaba la palabra «limonada» podía pretender ser capaz de descifrar el alma de un criminal?

—Debe de tener usted mi informe a la vista...

—Lo he leído varias veces.

—Cuando recibí la primera llamada telefónica, el miércoles a las once de la mañana, hacía mucho tiempo que a nuestro hombre alguien iba siguiéndolo. Desde la víspera, por lo menos. Al principio, no se le ocurrió avisar a la policía. Pensaba liquidar aquello por sus propios medios. Pero ya tenía miedo. Sabía que querían quitarlo de en medio. Había que evitar los lugares desiertos. La muchedumbre era su salvaguarda. No se atrevía ni siquiera a volver a su casa, donde lo habrían seguido y matado. Existen, incluso en París, pocos sitios que estén abiertos toda la noche. Aparte de las salas de fiestas de Montmartre, solo están las estaciones de tren, que se hallan iluminadas y cuyas salas de espera no están nunca vacías. Pues bien: en la de Lyon, los bancos de la sala de espera de tercera clase se barnizaron el lunes. Moers declara que el barniz es igual al del pantalón.

—¿Se ha preguntado a los empleados?

—Y se continúa preguntando, señor juez.

—En definitiva, que, a pesar de todo, ha obtenido usted algunos resultados.

—A pesar de todo. También sé en qué momento cambió de opinión.

—¿Cambió de opinión sobre qué?

La señora Maigret le estaba sirviendo a su marido una taza de tisana y le hacía señas para que se la tomase antes de que se enfriara.

—Al principio, como le acabo de decir, el hombre esperaba poder librarse por sus propios medios. Luego, el miércoles por la mañana, se le ocurrió la idea de dirigirse a mí. Persistió en esa opinión hasta las cuatro de la tarde aproximadamente. ¿Qué fue lo que pasó entonces? Lo ignoro. ¿Quizá, después de habernos lanzado su último SOS desde la oficina de Correos de Saint-Denis, pensó que no iba a servir para nada? La cuestión es que, más o menos una hora más tarde, hacia las cinco, entró en una cervecería de la calle Saint-Antoine.

—¿Por fin se ha presentado algún testigo?

—No, señor juez. Fue Janvier quien lo logró a fuerza de enseñar la foto en todos los cafés y de preguntar a los camareros. En definitiva, que pidió un suze (y este detalle indica que no hay ningún riesgo de error sobre la persona) y también un sobre. Pero no papel de carta, solo el sobre. Luego se lo metió en el bolsillo y, después de pedir una ficha en la caja, entró en la cabina. Hizo su llamada. La cajera oyó cómo descolgaba.

—¿Y usted no recibió esa llamada?

—No —confesó Maigret con un poco de rabia—. No estaba dirigida a nosotros. Era a otro sitio, ¿comprende? En cuando al coche amarillo...

—¿Tiene usted noticias de él?

—Vagas, pero que concuerdan. ¿Conoce usted el Quai Henri-IV?

—¿Al lado de la Bastilla?

—Exactamente. Como verá usted, todo ocurre en el mismo sector, hasta el punto de que parece que estemos dando vueltas. El Quai Henri-IV es uno de los más tranquilos, de los menos frecuentados de París. No hay allí ni una tienda, ni un bar; solo casas señoriales. Fue un repartidor de telegramas el que vio el coche amarillo, el miércoles a las ocho y diez exactamente. Se fijó en él porque estaba averiado frente al número sesenta y tres, justo adonde llevaba un telegrama. Dos hombres se habían inclinado sobre el capó levantado.

—¿Pudo darle una descripción de los hombres?

—No, estaba muy oscuro.

—¿Se fijó en la matrícula?

—Tampoco. No es habitual que la gente vaya tomando nota de las matrículas, señor juez. Lo importante es que el coche estaba en dirección al puente de Austerlitz. Y también que eran las ocho y diez, sabiendo, como sabemos por la autopsia, que el crimen se cometió entre las ocho y las diez.

—¿Cree usted que su estado de salud le permitirá salir pronto?

El juez se había dulcificado un poco, pero no quería ceder.

—No lo sé.

—¿En qué sentido dirige usted la investigación en este momento?

—En ninguno. Estoy esperando. No se puede hacer otra cosa, ¿no le parece? Estamos en un punto muerto. Hemos hecho, o más bien mis hombres han hecho, todo lo que podían. Solo queda esperar.

—¿Esperar a qué?

—Lo mismo da. Lo que se presente. Quizás una declaración. Quizás un hecho nuevo.

—¿Cree usted que ocurrirá algo?

—Hay que esperarlo.

—Muchas gracias. Voy a dar cuenta de nuestra conversación al fiscal.

—Preséntele usted mis respetos.

—Que se mejore, señor comisario.

—Muchas gracias, señor juez.

Cuando colgó, el comisario estaba serio como un perro. Miraba de reojo a la señora Maigret, que había vuelto a coger su labor de punto y a la que se notaba bastante preocupada.

—¿No te parece que te has pasado?

—¿Que me he pasado en qué?

—No me dirás que no has estado de guasa.

—De ninguna manera.

—No has parado de burlarte de él.

—¿Tú crees?

Parecía sinceramente sorprendido. Y es que, en el fondo, había estado hablando muy en serio. Todo lo que había dicho era exacto, incluso la duda que tenía sobre su propia enfermedad. De cuando en cuando le ocurría como ahora: cuando una investigación no prosperaba a su gusto, se metía en la cama y se quedaba en casa. Su mujer lo mimaba. Caminaba sin hacer ruido. Maigret escapaba a las idas y venidas y al follón de la policía judicial, a las preguntas de unos y otros, a las cien preocupaciones diarias. Sus colaboradores iban a verlo o lo telefoneaban. Preguntaban por su salud. Y a cambio de algunas tisanas, que se bebía con una mueca, obtenía algún que otro grog gracias a la solicitud de la señora Maigret.

Lo cierto era que Maigret tenía algunos rasgos comunes con su muerto. En el fondo, pensó de pronto, no le asustaban tanto las mudanzas como el hecho de cambiar de horizonte. La idea de no ver más las palabras LHOSTE Y PÉPIN al despertar, de no recorrer ya el mismo camino cada mañana, casi siempre a pie...

Los dos, el muerto y él, pertenecían al mismo barrio. Y eso le gustaba. Vació su pipa y llenó otra.

—¿Crees de verdad que es un propietario de bar?

—Quizás haya exagerado un poco al mostrarme tan seguro, pero, puesto que ya lo he dicho, ojalá sea así. Tiene sentido, ¿sabes?

—¿Qué es lo que tiene sentido?

—Todo lo que he dicho. Al principio no pensaba decir tanto. Hasta estaba improvisando. Pero después me he dado cuenta de que todo encajaba. Y he seguido hablando.

—¿Y si fuera un zapatero o un sastre?

—El doctor Paul me lo habría dicho. Y Moers también.

—¿Cómo lo habrían sabido?

—El doctor lo hubiera descubierto estudiando sus manos, las callosidades, las deformaciones; y Moers, al examinar el polvo de su ropa.

—¿Y si fuera cualquier otra cosa y no el dueño de un bar?

—Pues entonces será una lástima. Dame mi libro.

También era su costumbre, cuando estaba enfermo, sumirse en una novela de Alejandro Dumas padre. Poseía sus obras completas, en una vieja edición popular, con las páginas amarillentas y grabados románticos, y ya solo el olor que emanaba de aquellos libros le recordaba todas las pequeñas enfermedades de su vida.

Se oía la estufa ronroneando y el entrechocar de las agujas de hacer punto. Alzando la mirada se veía el vaivén del péndulo de cobre del reloj en su caja de encina oscura.

—Deberías tomarte otra aspirina.

—Como quieras.

—¿Por qué crees que llamó a otra persona?

La buena de la señora Maigret... Se veía que quería ayudarlo. Por lo general no se permitía ninguna pregunta sobre sus actividades profesionales —ni siquiera sobre la hora probable de volver y de las comidas—, pero cuando estaba enfermo, y lo veía seguir trabajando, no podía evitar intranquilizarse un poco. En el fondo, en lo más profundo de sí misma, debía de pensar que no era serio.

¿Era posible que en la policía judicial su marido fuera diferente y se comportara y hablara como un verdadero comisario?

Aquella conversación con el juez Coméliau —¡precisamente con él!— la había preocupado mucho, y era evidente que mientras contaba los puntos en voz baja no dejaba de pensar en ello.

—Dime una cosa, Maigret...

Él levantó una frente ceñuda, pues estaba enfrascado en la lectura.

—Hay algo que no entiendo. Has dicho, refiriéndote a la estación de Lyon, que no se hubiera atrevido a volver a su casa porque el hombre lo habría seguido.

—Sí, seguramente he dicho eso.

—Ayer me dijiste que sin duda se había cambiado de chaqueta.

—Sí. ¿Y qué?

—Y acabas de mencionarle al juez lo de la brandada, como si hubiera comido en su propio restaurante. Por tanto, volvió allí. Y no tenía ya miedo de que lo siguieran a su casa.

¿Habría pensado antes verdaderamente Maigret en eso? ¿O había improvisado sus respuestas?

—Eso parece lógico.

—¡Ah!

—Fue a la estación el martes por la tarde. Todavía no me había llamado. Esperaba escapar a su seguidor.

—Y al día siguiente, ¿crees que no lo seguían?

—Puede ser que sí. Es incluso probable. He dicho también que cambió de opinión hacia las cinco. No olvides que llamó por teléfono y pidió un sobre...

—Evidentemente... —Aunque no estaba muy convencida, creyó oportuno susurrar—: Sin duda tienes razón.

Silencio. De cuando en cuando Maigret pasaba una hoja, y en el regazo de la señora Maigret el calcetín se alargaba poco a poco.

Abrió la boca y la volvió a cerrar.

—Dime —dijo Maigret sin levantar la cabeza.

—No, nada... Seguro que no es nada... Solo pensaba que se equivocó, porque lo mataron...

—Se equivocó... ¿en qué?

—En volver a su casa. Perdona. Sigue leyendo.

Pero él no leía, o al menos no leía con mucha atención, pues fue el primero en levantar la cabeza.

—Te olvidas de la avería —dijo él.

Le parecía que se le ofrecía una nueva solución a sus pensamientos y que se había producido una pequeña grieta por la que iba a entrever la verdad.

—Lo que haría falta saber es, exactamente, cuánto tiempo estuvo el coche averiado —prosiguió.

Ya no hablaba para ella, sino para él. Su mujer lo sabía bien, y se guardó de volver a interrumpirlo.

—Una avería es un acontecimiento imprevisto. Es un accidente, algo que, por definición, estorba los planes preconcebidos. Por tanto, los acontecimientos fueron diferentes de los que habrían debido ser.

Miró a su mujer de una manera rara. Era ella, en definitiva, la que acababa de ponerle sobre la pista.

—*Supón que muriese a causa de la avería...*

Cerró el libro de golpe, lo dejó sobre sus rodillas, alargó la mano hacia el teléfono y marcó el número de la policía judicial.

—Ponme con Lucas, muchacho. Si no está en su despacho, lo encontrarás en el mío. ¿Hola? ¿Lucas? ¿Cómo? ¿Novedades? Un momento.

Maigret quería hablar el primero por miedo a que le dijera justo lo que acababa de descubrir él solo.

—Vas a enviar a un hombre al Quai Henri-IV. A Ériau o a Dubonnet, si los tienes a mano. Que pregunten a todas las porteras y a todos los inquilinos, no solamente en el número sesenta y tres y en las casas vecinas, sino en todas las casas. La calle no es muy larga. Seguramente la gente se fijó en el coche amarillo. Me gustaría saber a qué hora exactamente se produjo la avería y a qué hora se marchó el coche. ¡Espera! Hay más. Aquella gente quizá necesitó alguna pieza de recambio. Debe de haber garajes en los alrededores. Que los visiten también. Eso es todo por el momento. Ahora dime tú.

—Un momento, jefe. Voy a otro despacho.

Eso significaba que Lucas no estaba solo y que no quería hablar delante de la persona con la que se encontraba.

—¿Hola? Bueno... Prefiero que no me oiga esa mujer. Es por el asunto del coche. Hace una media hora, se ha presentado una vieja, a la que he recibido en su despacho. Desgraciadamente, me parece que está un poco loca.

Eso era inevitable. Toda investigación, por poca publicidad que se le dé, acaba por atraer a la policía judicial a todos los locos y las locas de París.

—Vive en el Quai de Charenton, un poco más allá de los almacenes Bercy.

Esto le recordó a Maigret una investigación de unos años antes, en una casita extraña situada por aquellos parajes. Volvía a ver el Quai de Bercy, con las verjas del almacén a la izquierda, y con los grandes árboles y el pretil de piedra del Sena a la derecha. Luego, pasado un puente cuyo nombre había olvidado, el paseo se ensanchaba bordeado por un lado con chalets de uno o dos pisos que hacían pensar más bien en el suburbio que en la ciudad. En aquel lugar siempre había un gran número de barcazas, y el comisario recordó el puerto cubierto de barriles hasta donde alcanzaba la vista.

—¿Y qué hace tu vieja?

—Ahí está el intríngulis. Es cartomántica y vidente extralúcida.

—Mmm...

—Sí, eso es lo mismo que yo he pensado. Habla con una rapidez pasmosa mientras lo mira a uno a los ojos de un modo irritante. Primero me ha jurado que no leía nunca los periódicos, y ha intentado hacerme creer que le resultaba inútil, ya que solo tenía que ponerse en trance para estar al corriente de los acontecimientos.

—¿La has apretado un poco?

—Sí. Al final ha admitido que quizá le había echado una ojeada a un periódico que se dejó en su casa un cliente.

—¿Y qué más?

—Leyó la descripción del coche amarillo. Afirma que lo vio el miércoles por la tarde a menos de cien metros de su casa.

—¿A qué hora?

—Hacia las nueve de la noche.

—¿Vio también a los ocupantes?

—Vio a dos hombres que entraban en una casa.

—¿Puede decir qué casa?

—Es un café que hace esquina con otra calle. Se llama Au Petit Albert.

El comisario mordió con fuerza su pipa y evitó mirar a la señora Maigret por temor de que viera la llamita que danzaba en sus ojos.

—¿Eso es todo?

—Más o menos eso es lo interesante. Ha estado hablando una media hora a una velocidad de vértigo. Creo que sería preferible que la viese usted.

—¡Caramba!

—¿Quiere usted que se la lleve?

—Un momento. ¿Sabe cuánto tiempo estuvo parado el coche delante del Petit Albert?

—Una media hora.

—¿Luego salió en dirección a la ciudad?

—No. Se fue hacia Charenton.

—¿No llevaron ningún bulto de la casa al coche...? Ya entiendes lo que quiero decir.

—No. La vieja está segura. Dice que no llevaban nada. Eso es precisamente lo que me extraña. Y también la hora. También me pregunto qué harían esos tipos con el fiambre desde las nueve de la noche hasta la una de la madrugada. Supongo que se fueron a dar un paseo por el campo. ¿Le llevo a esta pájara?

—Sí. Toma un taxi y no lo despidas. Que venga contigo un inspector. Esperará abajo con la vieja.

—¿Va usted a salir?

—Sí.

—¿Y su bronquitis?

Lucas era un tipo simpático; decía «bronquitis» en lugar de «catarro» porque parecía más serio.

—No te preocupes.

La señora Maigret empezó a removerse en la silla y abrió la boca.

—Dile al inspector que no la deje irse mientras tú subes. Hay gente que de pronto siente la necesidad de cambiar de opinión.

—No creo que sea el caso. Espera ver su foto en los periódicos, con sus títulos y cualidades. Me ha preguntado dónde estaban los fotógrafos.

—Que la fotografíen antes de salir. Eso le gustará.

Colgó, miró a la señora Maigret con un deje de ironía y luego a su Alejandro Dumas, que no había acabado, y que seguramente no acabaría hasta una nueva enfermedad.

Echó también un vistazo, pero de desprecio, a la taza de tisana.

—¡A trabajar! —dijo levantándose y dirigiéndose al estante, de donde cogió el frasco del calvados y un vasito de borde dorado.

—No valía la pena atiborrarte de aspirinas para que luego te pusieras a sudar...

4

Entre las tradiciones de la policía judicial hay cierto número de célebres periodos de vigilancia que se les cuenta invariablemente a los recién llegados. Entre ellos, uno de Maigret de quince años atrás. Fue a finales de otoño, el peor tiempo del año, sobre todo en Normandía, donde las nubes bajas y plomizas hacían los días aún más cortos. Durante tres días y dos noches el comisario estuvo pegado a la puerta de un jardín en una carretera desierta, en los alrededores de Fécamp, esperando a que saliera un hombre de una villa que había enfrente. No había ninguna otra casa a la vista. Nada más que campos, pues hasta las vacas estaban encerradas. Habría tenido que recorrer dos kilómetros para encontrar un teléfono y pedir que fueran a relevarlo. Nadie sabía que el inspector estaba allí. Él mismo no lo había previsto.

Durante los tres días y las dos noches estuvo lloviendo a cántaros, una lluvia helada que terminaba por empapar el tabaco de su pipa. En todo ese tiempo pasaron quizá tres campesinos con sus zuecos, que, tras mirar al intruso con desconfianza, apretaron el paso. Maigret no tenía nada de comer ni de beber, y lo peor era que, desde el final del segundo día, se había quedado sin cerillas para su pipa.

Lucas tenía también otro de esos periodos de vigilancia en su haber, el cual solían llamar «la historia del inválido de cabeza de madera». Para vigilar un pequeño hotel —precisamente en la esquina de la calle Birague, cerca de la plaza des Vosges—, lo habían instalado en una habitación del edificio de enfrente transformado en un viejo paralítico al que una enfermera empujaba todas las mañanas hasta la ventana, junto a la que permanecía todo el día. Su cara estaba adornada con una hermosa barba en abanico, y le daban de comer con una cuchara. Aquello duró diez días, al cabo de los cuales apenas podía usar las piernas.

Aquella noche Maigret se acordaba de esas historias y de algunas otras, y presentía que la vigilancia que comenzaba ahora sería tan famosa como esas. Al menos tan sabrosa, sobre todo para él.

Era casi un juego, que él jugaba con toda la seriedad del mundo. Hacia las siete, justo cuando Lucas se disponía a marcharse, le dijo con toda naturalidad:

—¿Quieres tomar una copa?

Los postigos del café estaban echados, tal como los habían encontrado. Las luces se hallaban encendidas. A su alrededor reinaba la atmósfera de cualquier café después de cerrar, con las mesas en su sitio y el serrín extendido por el suelo.

Maigret fue a coger los vasos en la estantería.

—¿Picon con granadina? ¿Vermut con cassis?

—Vermut.

Él, por su parte, como si quisiera identificarse con el dueño, se sirvió un suze.

—¿Quién crees tú que nos podría servir?

—Pues está Chevrier. Sus padres tenían un hotel en Moret-sur-Loing, y estuvo ayudándolos hasta el servicio militar.

—Ponte en contacto con él esta misma noche, para que se prepare. A tu salud. Tendrá que buscar una mujer que sepa de cocina.

—Se las apañará.

—¿Otro vermut?

—Gracias, pero me largo.

—Envíame a Moers enseguida. Que se traiga los utensilios.

Maigret lo acompañó hasta la puerta y miró un instante el muelle desierto, los barriles alineados y las barcazas amarradas durante la noche.

Era un pequeño café como tantos otros, no en el centro de París, sino en los alrededores; un verdadero cafetín de tarjeta postal o de estampa de Épinal. La casa, que hacía esquina, solo tenía un piso con tejado de tejas rojas y los muros pintados de amarillo, sobre los que se leía en grandes letras oscuras: AU PETIT ALBERT. Y a cada lado, con arabescos naíf: VINOS. APERITIVOS A TODAS HORAS.

En el patio de la parte trasera, bajo un cobertizo, el comisario había encontrado unos toneles verdes que contenían unos arbustos y que en el verano debían de colocar en la acera con dos o tres mesas para formar una terraza.

Ahora se sentía como en su casa en el local vacío. Dado que no habían encendido el fuego en unos días, el ambiente era frío y húmedo, y muchas veces volvió la vista Maigret hacia una gran estufa colocada en medio del café, con su tubo negro y reluciente, que recorría el espacio antes de perderse en la pared.

Después de todo, y ya que allí había un cubo casi lleno de carbón, ¿por qué no? Bajo el mismo cobertizo del patio encontró astillas, junto a un hacha y un tajo. También había periódicos viejos en un rincón de la cocina.

Unos minutos más tarde el fuego zumbaba, y el comisario estaba plantado ante la estufa con las manos a la espalda, en una postura muy propia de él.

La vieja de Lucas no estaba en el fondo tan loca como parecía. Fueron a su casa. En el taxi hablaba sin parar, pero de cuando en cuando espiaba a sus acompañantes para apreciar el efecto que les producía.

Su casa estaba a menos de cien metros, era una casita también de un piso, lo que suele llamarse un chalet, con un jardincillo. Maigret se había preguntado cómo, estando del mismo lado del Quai de Charenton, había podido ver lo que pasaba en la acera a bastante distancia de su casa. Sobre todo cuando ya era completamente de noche.

—¿No estuvo usted todo ese tiempo ahí, en la acera?

—No.

—¿Ni en la puerta de la casa de usted?

—Estaba en mi casa.

Tenía razón. La habitación de delante, que estaba deslumbrante de tan limpia y cuidada, no solo tenía ventanas que daban a la calle, sino también una ventana lateral por la que se veía un gran tramo del Quai de Charenton en dirección al Petit Albert. Como no había postigos, era natural que los faros del coche parado llamasen la atención de la vieja.

—¿Estaba usted sola en casa?

—Estaba conmigo la señora Chauffier.

Una comadrona que vivía un poco más lejos. Lo habían comprobado. Era cierto. La casa, contrariamente a lo que se pudiera esperar al ver a la vieja, se parecía a todas las casas de mujeres solas. No había allí el batiburrillo de cosas de las que se rodean con gusto las echadoras de la buenaventura. Por el contrario, sus muebles claros procedían directamente del bulevar Barbes y el suelo era de linóleo amarillo.

—Esto tenía que ocurrir —dijo—. ¿Ha leído usted lo que escribió en la fachada de su café? O se trata de un iniciado o ha cometido un sacrilegio.

Había puesto agua para hacer café. Quería a toda costa que Maigret tomase una taza. Le estuvo explicando que *Le Petit Albert* era un libro de magia que databa de los siglos XIV o XV.

—¿Y si su nombre es Albert? ¿Y si además es efectivamente pequeño? —replicó el comisario.

—Era bajo, ya lo sé. Lo he visto muchas veces. Pero esa no es razón suficiente. Hay cosas con las que resulta imprudente jugar.

De la mujer de Albert, dijo:

—Una mujer morena y grande, no muy limpia, cuyos guisos no comería yo, y que siempre olía a ajo.

—¿Desde cuándo están cerrados los postigos?

—No lo sé. Al día siguiente de ver el coche me quedé en la cama con gripe. Cuando me levanté, el café estaba cerrado, y pensé que era un alivio.

—¿Había mucho ruido?

—No. No venía casi nadie. Verá, los obreros de la grúa que se ve en el muelle almorzaban allí. También iba el bodeguero de la casa Cess, los negociantes de vinos. Y los marineros que iban a echar un trago en la barra.

Había insistido en saber qué periódicos publicarían su fotografía.

—Sobre todo prohíbo que digan que soy cartomántica. Sería como si dijeran de usted que es guardia de tráfico.

—No habrá nada ofensivo.

—Me haría mucho daño.

Bueno. Ya había acabado con la vieja. Maigret se había tomado el café de la mujer. Y Lucas y él se habían acercado al local de la esquina. Fue Lucas el que giró por inercia el picaporte de la entrada, y la puerta se abrió.

Era curioso ver la pequeña taberna, cuya puerta había permanecido abierta por lo menos cuatro días, que se encontraba intacta, con sus botellas en la estantería y el dinero en la caja registradora.

Las paredes estaban pintadas al óleo, de marrón hasta un metro del suelo y de verde pálido por encima; se veían por allí los calendarios publicitarios que se encuentran en todos los cafés rurales.

En el fondo, Au Petit Albert, era poco parisiense o, más bien, como la mayor parte de los parisienses, había conservado sus gustos campesinos. Se adivinaba que aquel café lo habían arreglado con gusto, con una especie de amor, y en cualquier pueblo de Francia se habría podido encontrar uno igual.

Lo mismo ocurría con la habitación de arriba. Porque Maigret, con las manos en los bolsillos, había recorrido todo el local. Lucas lo había seguido, divertido porque el comisario, en cuanto se quitó el sombrero y el abrigo, pareció verdaderamente tomar posesión de un nuevo domicilio. En menos de media hora se encontraba como en su casa, y de vez en cuando iba a plantarse tras el mostrador.

—De lo que no hay duda es de que Nine no está aquí.

La habían buscado desde la bodega a la buhardilla, habían mirado también en el patio y en el jardincillo, que estaba atestado de cajas viejas y botellas vacías.

—¿Qué piensas?

—No lo sé, jefe.

El café solo tenía ocho mesas, cuatro a lo largo de una pared, dos enfrente y dos en medio, cerca de la estufa. Era una de estas últimas la que los dos hombres miraban de vez en cuando, pues debajo de una de las sillas habían barrido cuidadosamente el serrín. ¿Para qué iba a ser sino para hacer desaparecer manchas de sangre?

Pero ¿quién había retirado los cubiertos y el plato de la víctima y los había fregado, además de los vasos?

—Puede que volvieran después —sugirió Lucas.

De todas maneras, había un detalle curioso. Aunque en el local todo estaba perfectamente en orden, una botella, una sola, había quedado destapada encima del mostrador; Maigret tuvo buen cuidado de no tocarla. Era una botella de coñac, y podía suponerse que quien o quienes habían echado un trago, no habían bebido en vasos, sino directamente de la botella.

Los visitantes desconocidos habían ido al piso de arriba y revuelto todos los cajones, dejándolo todo de cualquier manera, pero después los habían cerrado.

Lo más raro era que en la pared de la habitación había dos marcos que debían de haber contenido fotografías y que estaban vacíos.

No era el retrato del pequeño Albert el que habían querido suprimir, pues sobre la cómoda había uno: cara redonda y alegre, con un mechón de pelo sobre la frente y aspecto de cómico, según la expresión del dueño de Aux Caves du Beaujolais.

Un taxi se detuvo y se oyeron pasos en la acera. Maigret fue a descorrer el cerrojo.

—Entra —le dijo a Moers, que llevaba una maleta bastante pesada—. ¿Has cenado? ¿No? ¿Un vermut?

Aquella fue una de las veladas, una de las noches, más curiosas de su vida. De cuando en cuando iba a echar un vistazo a Moers, que había emprendido un trabajo de largo aliento: estaba tomando por todas partes las huellas digitales, empezando por el café y siguiendo por la cocina, la habitación y las demás estancias del local.

—El primero que cogió esta botella llevaba guantes de goma —afirmó.

También había recogido muestras del serrín cerca de la famosa mesa. Maigret encontró en el cubo de la basura restos de brandada.

Unas horas antes, el muerto no tenía todavía nombre, y solo representaba a los ojos de Maigret una imagen confusa. Ahora, no solo poseía su fotografía, sino que estaba en su casa, entre sus muebles, revolviendo en la ropa que le había pertenecido, palpando sus objetos personales. No sin cierta satisfacción, le había señalado a Lucas, cuando llegaron, una prenda que colgaba de una de las perchas de la habitación: era una chaqueta de la misma tela que el pantalón del muerto.

En otras palabras, que tenía razón. Albert había vuelto a su casa y, como de costumbre, se había cambiado de chaqueta.

—¿Tú crees, mi querido Moers, que hace mucho tiempo que alguien estuvo aquí?

—Yo diría que hoy ha venido alguien —respondió el joven después de haber examinado las manchas de alcohol sobre el mostrador, cerca de la botella destapada.

Era posible. El local estaba abierto a todo el mundo. Los únicos que no lo sabían eran los transeúntes. Cuando se ven los postigos echados, a nadie se le ocurre girar el picaporte para saber si la puerta está cerrada o no.

—Están buscando algo, ¿eh?

—Eso es lo que creo.

Algo poco voluminoso, seguramente un papel, pues habían abierto hasta una caja pequeña de cartón que contenía horquillas para el cabello.

Fue una extraña cena la que hicieron Moers y Maigret, frente a frente, en la sala del café. Maigret se encargó de prepararla. Había encontrado en la despensa un salchichón, unas latas de sardinas y queso de Holanda. Bajó a la bodega a sacar vino de un barril, un vino espeso, azulado. Aunque había botellas llenas, no las tocó.

—¿Se queda usted, jefe?

—Desde luego que sí. Quizá no venga nadie esta noche, pero no tengo ganas de volver a mi casa.

—¿Quiere que me quede con usted?

—Gracias, mi querido Moers. Prefiero que te vayas enseguida a hacer tus análisis.

Moers no descuidó nada, ni siquiera unos cabellos de mujer prendidos en un peine en el lavabo del primer piso. Fuera se oían pocos ruidos. No pasaba casi nadie. De cuando en cuando, sobre todo después de medianoche, el ruido de algún camión que llegaba de fuera y se dirigía al mercado central.

Maigret había llamado a su mujer.

—¿Estás seguro de que no volverás a coger frío?

—No te preocupes. He encendido la estufa. Dentro de un rato me prepararé un grog.

—¿No vas a dormir en toda la noche?

—Sí, mujer. Puedo elegir entre una cama y una cama turca.

—¿Están limpias las sábanas?

—Hay sábanas limpias en el estante del rellano.

En efecto, había que hacer la cama con sábanas limpias, y acostarse. Pero, para reflexionar, prefería la cama turca.

Moers se fue sobre la una de la madrugada. Maigret recargó la estufa hasta arriba, preparó un grog, se aseguró de que todo estaba en orden y, después de echar el cerrojo, subió la escalera de caracol a paso lento, como un hombre que se va a acostar.

En el armario había un batín, un batín de muletón azul, con el revés de seda artificial, pero era demasiado corto y demasiado estrecho para él. Las pantuflas, que estaban al pie de la cama, tampoco eran de su talla.

Se quedó en calcetines, se envolvió en una manta y se instaló en la cama turca con una almohada bajo la cabeza. En el primer piso, las ventanas no tenían persianas. El resplandor de un farol de gas atravesaba los visillos de complicados dibujos y formaban arabescos en la pared.

Maigret los miraba con los ojos entrecerrados mientras fumaba despacio su última pipa. Ya se iba acostumbrando. Estaba probando el local, igual que se prueba uno un traje nuevo, y el olor se le volvía ya a esas alturas familiar, un olor que le recordaba el campo, acre y dulzón al mismo tiempo.

¿Por qué habrían quitado las fotografías de Nine? ¿Por qué esta había desaparecido y había abandonado el local sin llevarse siquiera el dinero de la caja registradora? Era cierto que apenas había unos cien francos. Sin duda Albert ponía el dinero en otro sitio, y se lo habían llevado, como se habían llevado todos sus documentos personales.

Pero resultaba curioso que aquel registro minucioso del local lo hubiesen efectuado casi sin desorden, sin brutalidad. Habían rebuscado en los trajes sin descolgarlos siquiera de las perchas. Habían arrancado las fotos de sus marcos, pero habían vuelto a colgarlos en la pared.

Maigret se durmió. Cuando oyó golpes en los postigos de abajo, habría jurado que solo se había quedado traspuesto unos instantes.

Pero eran las siete de la mañana. Era de día. Ya daba el sol sobre el Sena, donde las barcazas se iban poniendo en movimiento y los remolcadores tocaban sus sirenas.

Se calzó los zapatos sin atarlos y bajó con el pelo en desorden, el cuello de la camisa abierto y el traje arrugado.

Eran Chevrier y una mujer bastante bonita, vestida con un traje sastre azul marino y un sombrerito rojo sobre su cabello ondulado.

—Aquí estamos, jefe.

Hacía solo tres o cuatro años que Chevrier pertenecía a

la policía judicial. No recordaba a una cabra, como indicaba su nombre, sino a una oveja, tan blandos y mullidos eran los contornos tanto de su rostro como de su cuerpo. La mujer le tiró de la manga. Él comprendió y dijo:

—¡Perdón! Señor comisario, le presento a mi mujer.

—Usted no se preocupe —dijo ella con gesto valiente—, conozco el negocio. Mi madre tenía una posada en nuestro pueblo y a veces teníamos que servir bodas con cincuenta cubiertos y más, y con solo dos sirvientas para ayudarnos. —Se fue derecha hacia la cafetera y le dijo a su marido—: Dame cerillas.

El gas hizo pluf y, unos minutos más tarde, el olor del café impregnaba el local.

Chevrier había tenido cuidado de vestirse con un pantalón negro y una camisa blanca. Se puso en situación tras el mostrador y cambió varias cosas de sitio.

—¿Abrimos?

—Sí, sí. Debe de ser hora.

—¿Quién va a ir al mercado? —preguntó la mujer.

—Ahora se toma usted un taxi y se va a comprar lo más cerca posible.

—Guiso de vaca con acedera, ¿le parece bien?

Había llevado consigo un delantal blanco. Era muy alegre y animada. Empezaba la tarea a gusto, como un juego.

—Ya se pueden quitar los postigos —dijo el comisario—. Si los clientes hacen preguntas, digan que son sustitutos.

Subió a la habitación, en la que encontró navaja, jabón para afeitarse y una brocha. Después de todo, ¿por qué no? El pequeño Albert parecía limpio y bien cuidado.

Se arregló con toda tranquilidad, y cuando bajó la mujer de Chevrier ya se había ido al mercado. En el mostrador había dos hombres acodados, dos marineros, que bebían café. No les interesaba saber quién llevaba la taberna. Sin duda estaban de paso. Hablaban de una esclusa cuya compuerta un remolcador casi había arrancado el día antes.

—¿Qué le sirvo, jefe?

Maigret prefería servirse él mismo. En realidad, era la primera vez en su vida que se servía de una botella de ron tras el mostrador de un bar. Y de pronto se echó a reír.

—Estoy pensando en el juez Coméliau —explicó.

Intentaba imaginarse al juez entrando en Au Petit Albert y encontrándose al comisario al otro lado del mostrador con uno de sus inspectores.

Sin embargo, si uno quería descubrir algo, no había más remedio que proceder así. Los que habían matado al dueño, ¿acaso no se sentirían intrigados al ver el bar abierto como de costumbre?

¿Y Nine, si es que Nine estaba viva?

Hacia las nueve, la vieja vidente pasó, y volvió a pasar ante el café, llegó a pegar la cara al cristal y por fin se alejó, hablando sola y con una malla para la compra en la mano.

La señora Maigret acababa de telefonear para saber cómo le iba a su marido.

—¿No quieres que te lleve alguna cosa? ¿Tu cepillo de dientes, por ejemplo?

—Gracias. Ya he pedido que me compren uno.

—Ha llamado el juez.

—Supongo que no le habrás dado mi número.

—No. Le he dicho solamente que estabas fuera desde ayer por la tarde.

La mujer de Chevrier bajó de un taxi, del que sacó cajas llenas de verduras y de paquetes. Cuando Maigret la llamó «señora», ella le dijo:

—Llámeme Irma. Ya verá usted como los clientes me llaman enseguida así. ¿Verdad, Émile, que el comisario puede llamarme así?

No aparecía nadie. Tres albañiles, que trabajaban en un andamio de la calle vecina, acudieron a echar un trago. Llevaban pan y longaniza y pidieron dos litros de vino tinto.

—¡Qué bien que hayan vuelto a abrir! Había que caminar diez minutos para beber algo.

No se extrañaron en absoluto de ver nuevas caras.

—¿Se ha retirado el antiguo dueño?

Uno de ellos dijo:

—¡Era un buen tipo!

—¿Lo conocía hace mucho tiempo?

—Desde hace quince días, que tenemos una obra en el barrio. Ya sabe usted, nosotros cambiamos a menudo de tajo.

Sin embargo, Maigret, al que veían zascandilear un poco por todos sitios, los intranquilizaba un poco.

—¿Y es quién es? Tiene pinta de ser de la casa.

Y Chevrier respondía con expresión inocente:

—Calla, que es mi suegro.

Algo se preparaba en la cocina. El local iba cobrando vida. Un sol acidulado entraba por los amplios ventanales del café. Chevrier, con las mangas recogidas y sujetas con unas gomas, había barrido el serrín.

Sonó el teléfono.

—Es para usted, jefe. Moers.

El pobre Moers no había dormido en toda la noche. Aparte de las huellas, no había tenido mucha suerte. Huellas dactilares las había de todas clases, tanto en las botellas como en los muebles. Pero la mayor parte eran viejas y se superponían sin orden. Las más claras, que había enviado al servicio antropométrico, no correspondían a ninguna ficha.

—En la casa se han movido por todos los sitios con guantes de goma. Solo ha dado resultados una cosa: el serrín. En el análisis he encontrado restos de sangre.

—¿Sangre humana?

—Lo sabré dentro de una hora. Pero estoy casi seguro.

Lucas, que aquella mañana ya había tenido su parte de trabajo, llegó hacia las once, vivaracho, y Maigret se dio cuenta de que había escogido una corbata clara.

—¡Un vermut con cassis para mí! —exclamó con un guiño hacía su colega Chevrier.

Irma había colgado de la puerta una pizarra en la que había escrito con tiza, bajo las palabras «Plato del día»: GUISO DE VACA A LA ACEDERA. Se la oía trajinar, atareada, y seguramente aquel día no habría cambiado su puesto por nada del mundo.

—Subamos —dijo Maigret a Lucas.

Se sentaron en la habitación, cerca de la ventana, que habían abierto dado el buen tiempo que hacía. La grúa funcionaba a la orilla del agua, sacando barricas del vientre de una barcaza. Se oía el silbato, el rechinar de las cadenas, y sin cesar se veía, sobre el agua reluciente, el ir y venir de los remolcadores jadeantes, sin descanso.

—Se llamaba Albert Rochain. He ido al registro mercantil. Se sacó la licencia hace cuatro años.

—¿Has podido dar con el nombre de su mujer?

—No. La licencia está a su nombre. He estado en la alcaldía, donde no han podido proporcionarme ningún informe. Si estaba casado, lo estaba ya al llegar al barrio.

—¿Y en la comisaría?

—Nada. Parece que el negocio era tranquilo. La policía nunca ha tenido que intervenir.

La mirada de Maigret se dirigía constantemente al retrato de su muerto, que seguía sonriéndole desde la cómoda.

—Chevrier se enterará sin duda de alguna cosa por los clientes.

—¿Se queda usted aquí?

—Podríamos comer los dos abajo, como transeúntes. ¿Hay noticias de Torrence y de Janvier?

—Siguen ocupados con los habituales a las carreras.

—Si puedes hablar con ellos por teléfono, diles que vayan especialmente a Vincennes.

Siempre la misma cuestión: el hipódromo de Vincennes estaba, por así decirlo, en el mismo barrio. Y el pequeño Albert, como Maigret, era un hombre de costumbres.

—¿La gente no se extraña de ver la taberna abierta?

—No mucho. Los vecinos vienen a echar un vistazo desde la acera. Sin duda piensan que Albert ha hecho un traspaso.

A mediodía estaban los dos sentados cerca de la ventana y la propia Irma les servía. Algunos clientes más se habían sentado en las otras mesas, sobre todo mecánicos de la grúa.

—¿Por fin acertó Albert al caballo ganador? —le dijo uno de ellos a Chevrier.

—Se ha ido al campo un tiempo.

—¿Y usted lo sustituye? ¿Se ha llevado a Nine? Así comeremos un poco menos ajo, lo que no está nada mal. No es que esté malo, pero repercute en el aliento...

El hombre le pellizcó un muslo a Irma, que pasaba cerca de él. Chevrier ni se movió, y además tuvo que sufrir la mirada irónica de Lucas.

—Es un buen hombre. Si no estuviera tan obsesionado con las carreras... Pero, diga, si tenía un sustituto, ¿por qué ha dejado la taberna cerrada cuatro días? Y sobre todo sin advertir a los clientes. El primer día tuvimos que ir de un lado a otro hasta el puente de Charenton para encontrar qué comer. No, amigo, no como nunca camembert. Un queso fresco todos los días. Y para Jules, roquefort...

Desde luego estaban intrigados, hablaban a media voz. Irma les interesaba particularmente.

—Chevrier no va a seguir el juego mucho tiempo —murmuró Lucas al oído de Maigret—. Solo hace dos años que está casado. Si los tipos siguen pasando las manos por el trasero de su mujer, no tardará en plantarles la suya en la cara.

Pero la cosa no fue tan grave. El inspector se limitó a decirles seriamente, cuando se les acercó para servirles de beber:

—Es mi mujer.

—Enhorabuena, muchacho. ¡No te enfades! A nosotros no nos disgusta, ¿eh?

Se reían a carcajadas. No eran mala gente, pero se daban cuenta confusamente de que al dueño no le había sentado bien.

—Entiéndeme. Albert había tomado sus precauciones. No había riesgo de que le birlasen a Nine.

—¿Por qué?

—No la conoces, ¿verdad?

—Jamás la he visto.

—No te has perdido nada, chaval. Esa habría estado segura en el dormitorio de un cuartel de senegaleses. La mejor muchacha del mundo, eso sí, ¿verdad, Jules?

—¿Qué edad tiene?

—¿Tú crees que tiene alguna edad, Jules?

—Desde luego alguna debe de tener... ¿Quizá treinta primaveras?... ¿Quizá cincuenta?... Depende del lado por el que se la mire. Si es del lado del ojo bueno, puede pasar... Pero si es del otro...

—¿Bizquea?

—¡Y cómo, chaval! ¡Pregunta si bizquea! Podría mirar al mismo tiempo la punta de tus zapatos y la punta de la torre Eiffel.

—¿Albert la quería?

—Chico, Albert es un tipo que quiere estar a gusto, ¿comprendes? Los guisos de su mujer son buenos, incluso estupendos. Pero me parece que eres tú el que corres por las mañanas, hacia las seis, para ir al mercado... Quizá tengas que echar una manita para pelar las patatas. Y dentro de una hora no será ella la que hará todo el fregado mientras tú te vas a pavonear al hipódromo. ¡Con Nine, sí! Albert lleva una vida de príncipe, sin contar con que ella debe de tener pasta...

¿Por qué miró en ese momento Lucas a Maigret a hurtadillas? ¿No era un poco como si alguien hubiera maltratado al muerto del comisario?

El mecánico continuaba:

—No sé cómo lo habrá ganado, pero, con el tipo que tiene, seguro que no ha sido haciendo *business*...

Maigret no se movió. Incluso sonreía ligeramente. No perdía palabra de lo que decían. Las palabras se transformaban de manera automática en imágenes. El retrato del pequeño Albert iba completándose poco a poco, y el comisario parecía conservar todo su afecto por el personaje que se iba de esa forma esclareciendo.

—¿De qué provincia sois vosotros?

—Del Berry —contestó Irma.

—Yo, del Cher —dijo Chevrier.

—Entonces no ha sido en su tierra donde han conocido a Albert. Él es un muchacho del Norte, un *ch'timi*. ¿No es de Tourcoing, Jules?

—De Rubaix.

—Lo mismo da una cosa que otra.

Maigret se metió en la conversación, lo que no resultaba raro en un café de parroquianos.

—¿No trabajó en los alrededores de la estación del Norte?

—En la cervecería Cadran, sí. Estuvo de camarero durante diez o doce años en el mismo sitio antes de instalarse aquí.

Maigret no había formulado la pregunta al azar. Conocía a la gente del Norte. Cuando llegan a París parece que les cuesta trabajo alejarse de su estación, de manera que forman una verdadera colonia por la parte de la calle Maubeuge.

—No debió de ser allí donde conoció a Nine.

—Allí o en otro sitio, le tocó el premio gordo. No en cuanto a pequeñeces, sino por no tener ya más preocupaciones...

—¿Ella es del Mediodía?

—¡Se podría decir que de las doce y media!

—¿De Marsella?

—Toulouse, y con acentazo. Al lado del suyo, el del tipo que dice los anuncios en Radio Toulouse es poca cosa. La cuenta, muchacho. Oiga, patrón, ¿y las buenas costumbres?

Chevrier frunció el ceño sin entender. Maigret, por su parte, había comprendido e intervino:

—Tiene razón. Cuando un local cambia de dueño, eso hay que regarlo...

En total, solo hubo siete clientes para comer. Uno de los empleados de Cess, un hombre de cierta edad y de aspecto hosco, comió en silencio en un rincón, enfadado con todo: con la cocina, que no era la de siempre; con los cubiertos, que no eran los suyos; con el vino blanco que le habían puesto en lugar del tinto al que estaba acostumbrado.

—Esto acabará siendo un antro como los demás —refunfuñó al marcharse—. Siempre ocurre lo mismo...

Chevrier ya no se divertía tanto como por la mañana. Irma era la única que se tomaba la cosa con alegría, haciendo equilibrios con las bandejas y las pilas de platos, y se puso a fregar canturreando.

A la una y media ya solo estaban Maigret y Lucas en el café. Empezaban las horas de tranquilidad en las que solamente habría algún cliente de cuando en cuando, algún transeúnte con sed o una pareja de marineros que esperaban a que terminara la carga.

Maigret fumaba a pequeñas caladas, con la barriga llena, pues había comido mucho, quizá por satisfacer a Irma. Un rayo de sol le calentaba una oreja y parecía absorto, cuando de pronto le dio un pisotón a Lucas.

Un hombre acababa de pasar por la acera. Miró despacio el interior del café y, después, dudando, dio media vuelta y se acercó a la puerta.

Era de estatura mediana. No llevaba ni sombrero ni gorra. Era pelirrojo, con pecas en la cara, ojos azules y labios gruesos.

Su mano giró el picaporte. Entró, siempre dudando. Había algo felino en su actitud y sus gestos poseían una rara prudencia.

Sus zapatos, muy gastados, no habían sido encerados desde hacía muchos días. Su traje oscuro era viejo; la camisa estaba sucia y la corbata mal anudada. Recordaba a un gato entrando con precaución en una habitación desconocida, observando todo alrededor, olfateando un posible peligro. Debía de ser de una inteligencia menos que mediocre. Los tontos de pueblo tienen a menudo esos ojos en los que solo se lee desconfianza y una astucia instintiva.

Sin duda le intrigaban Maigret y Lucas. Desconfiaba de ellos. Avanzó de soslayo hacia el mostrador sin dejar de observarlos y golpeó el mostrador de cinc con una moneda.

Llegó Chevrier, que estaba comiendo en un rincón de la cocina.

—¿Qué quiere?

El hombre dudó entonces. Parecía afónico. Emitió un sonido ronco, luego renunció a hablar y señaló con el dedo la botella de coñac en el estante.

Ahora miraba con atención a Chevrier. Había algo que no comprendía, que sobrepasaba su entendimiento.

Maigret, impasible, seguía pisando el pie de Lucas.

La escena fue breve, pero pareció muy larga. El hombre se puso a buscar el dinero en el bolsillo de la derecha, mientras con la mano izquierda se llevaba el vaso a la boca y lo vaciaba de un trago.

El alcohol le hizo toser. Se le llenaron los ojos de lágrimas.

Entonces echó unas monedas sobre el mostrador y salió a pasos largos, muy rápidos. Una vez fuera se lo vio encaminarse deprisa en dirección al Quai de Bercy y volverse.

—¡Te toca! —le dijo Maigret a Lucas—. Pero tengo miedo de que te dé esquinazo...

Lucas corrió fuera. El comisario le ordenó a Chevrier:

—Llama un taxi... ¡Rápido!

El Quai de Bercy era largo, todo recto, sin calles transversales. Quizás en coche tendría tiempo de alcanzar al hombre antes de que se le escapara a Lucas.

5

A medida que el ritmo de la persecución se aceleraba, Maigret tenía cada vez más la impresión de estar viviendo aquella escena por segunda vez. Eso le ocurría a veces en sueños, y eran esos sueños los que le daban más miedo de niño. Avanzaba por un paisaje por lo general difícil y, de pronto, tenía la sensación de que ya había estado allí, de que había hecho los mismos gestos y pronunciado las mismas palabras. Eso le producía una especie de vértigo, sobre todo en el momento en que comprendía que estaba a punto de vivir momentos que ya había vivido.

Había seguido aquella caza del hombre, comenzada en el Quai de Charenton, por primera vez desde su despacho, con todas sus peripecias, mientras la voz aterrada del pequeño Albert le llevaba de hora en hora el eco de una angustia creciente.

Ahora también crecía la angustia. En la larga perspectiva del casi desierto Quai de Bercy, el hombre, que avanzaba con pasos ágiles a lo largo de las verjas, se volvía de cuando en cuando y apretaba el paso al ver siempre tras de él la pequeña silueta de Lucas.

Maigret los seguía en su taxi, sentado al lado del conductor. ¡Qué diferencia entre los dos hombres! El primero tenía algo de animal en la mirada, en su forma de caminar. Sus movimientos, incluso cuando corría, eran armoniosos.

Pisándole los talones, el barrigón Lucas iba con el vientre un poco hacia delante, como siempre, y recordaba a uno de esos perros sin raza que tienen aspecto de salchichón con patas, pero que siguen mejor la pista del jabalí que los más ilustres perros de presa.

Todo el mundo habría apostado por el otro. Maigret mismo, cuando vio que el hombre echaba a correr, aprovechando que la calle estaba desierta, le dijo al chófer que acelerara. Pero no era necesario. Lo más curioso era que Lucas no parecía estar corriendo. Mantenía su aspecto correcto de pequeño burgués de París que sale de paseo, y seguía bamboleándose.

Cuando el desconocido oyó los pasos que le pisaban los talones, cuando volvió un poco la cabeza y vio a Maigret en un taxi que se ponía a su altura, comprendió que no servía de nada cansarse ni atraer la atención, y siguió a un paso más normal.

Aquella tarde habría millares de personas que se cruzarían con ellos por las calles y plazas públicas, y, como con el pequeño Albert, nadie se daría cuenta del drama que se desarrollaba.

Al llegar al puente de Austerlitz, la mirada del extranjero —pues en la mente de Maigret aquel hombre era un extranjero— era más inquieta. Continuó por el Quai Henri-IV. Por su actitud se notaba que preparaba algo. En efecto, cuando llegaron al barrio de Saint-Paul, siempre con el taxi siguiéndolo, echó a correr de nuevo, pero esta vez por las callejuelas que se extienden entre la calle Saint-Antoine y los muelles.

Maigret estuvo a punto de perderlo, porque un camión bloqueaba una de las callejas.

Los niños que jugaban en la calle miraban a los dos hombres corriendo, a los que Maigret volvió a alcanzar dos calles más allá. Lucas apenas sofocado y perfectamente correcto con su abrigo abotonado. Tuvo incluso la presencia de ánimo de dirigirle una mirada al comisario y de guiñarle un ojo, como diciendo: «¡No hace usted falta!».

Aún no sabía que aquella caza, a la que Maigret asistía sin fatigarse desde el asiento de un coche, iba a durar horas. Ni que, a medida que pasara el tiempo, sería cada vez más cruel.

Fue después de la llamada telefónica cuando el hombre empezó a perder seguridad. Entró en un pequeño bar de la calle Saint-Antoine y Lucas, tras él.

—¿Va a detenerlo? —preguntó el taxista, que conocía a Maigret.

—No.

—¿Por qué?

Para el taxista, un hombre al que se sigue la pista es un hombre al que se termina por detener. ¿Por qué, si no, aquella persecución, aquella crueldad inútil? Reaccionaba como los no iniciados en las cazas a caballo.

Sin preocuparse por el inspector, el extranjero cogió una ficha de teléfono y se encerró en la cabina. A través de los cristales de la taberna podía verse a Lucas, que había aprovechado para beberse un gran vaso de cerveza, lo que le dio sed a Maigret.

La llamada duró mucho tiempo, casi cinco minutos. Dos

o tres veces, Lucas, inquieto, fue a mirar por la mirilla de la cabina para asegurarse de que no le había ocurrido nada a su cliente.

Luego estuvieron codo con codo en la barra, como si no se conocieran. La expresión del hombre se había modificado. Miraba alrededor con una especie de desconcierto y parecía esperar un momento propicio, pero sin duda había comprendido que ya no se le presentaría otro.

Finalmente, pagó y salió a la calle. Se dirigió hacia la Bastilla, dio la vuelta casi completa a la plaza, se metió un momento por el bulevar Richard-Lenoir, a tres minutos de la casa de Maigret, pero torció a la derecha, por la calle La Roquette.

Unos minutos más tarde se había perdido. Se veía claramente que no conocía el barrio. Dos o tres veces hizo intentos de fuga, pero había demasiada gente en la calle, o divisaba en un cruce la gorra de un guardia.

Entonces le dio por beber. Entraba en los bares, no para llamar por teléfono, sino para apurar de un trago un vaso de coñac barato, y Lucas tomó la decisión de no entrar a los bares.

En uno de ellos alguien le dirigió la palabra a aquel hombre, quien lo miró sin contestar, como si le hablase en una lengua desconocida.

Maigret se dio cuenta entonces de por qué, desde que entró en Au Petit Albert, había pensado que era extranjero. No solo por la ropa y sus facciones, que no eran francesas, sino más bien por esa prudencia del hombre que no está en su casa, que no comprende y que no puede hacerse entender.

Lucía un magnífico sol en las calles. La temperatura era suave. Por la zona de Picpus los porteros sacaban una silla ante el portal, como en cualquier ciudad de provincias.

¡Qué de vueltas antes de llegar por el bulevar Voltaire hasta la plaza de la République, que el hombre al fin reconoció!

Se metió en el metro. ¿Esperaba zafarse allí de Lucas? En todo caso, pronto se dio cuenta de la inutilidad de su idea, pues al poco Maigret los vio volver a salir.

Calle de Réaumur... Otra vuelta más... Calle Turbigo... Luego por la calle Chapon, calle Beaubourg...

«Este es su barrio», pensó Maigret.

Se notaba. En la mirada del extranjero se advertía que reconocía hasta las menores tiendas. Estaba en casa. Quizá viviera en alguno de aquellos hoteluchos que tanto abundaban allí.

Dudaba. Varias veces se detuvo en una esquina. Había algo que le impedía hacer lo que deseaba. Y así llegó hasta la calle Rivoli, que era como la frontera de aquel barrio miserable. No la franqueó. Por la calle des Archives penetró de nuevo en el gueto y después caminó por la calle des Rosiers.

—No quiere que sepamos dónde vive.

Pero ¿por qué y a quién había llamado? ¿Habría pedido ayuda a sus cómplices? ¿Qué ayuda podía esperar?

—Este pobre bribón me da lástima —comentó el taxista—. ¿Está usted seguro de que es un malhechor?

No. ¡No estaba seguro! Pero no había más remedio que acorralarlo. Era la única posibilidad de saber más cosas sobre la muerte del pequeño Albert.

Estaba sudando. La nariz le moqueaba. De cuando en cuando sacaba del bolsillo un gran pañuelo verde. Seguía bebiendo, alejándose de una especie de nudo formado por la calle du Roi-de-Sicile, la calle des Ecouffes, la calle Verre-rie, nudo en torno al cual daba vueltas sin entrar en él.

Se alejaba y, como atraído de manera irresistible, regresaba. Su paso ahora era más lento, más dubitativo. Se volvía a mirar a Lucas. Luego buscaba el taxi con la mirada y le lanzaba una ojeada furiosa. ¿Quién sabe? Si no hubiera tenido el taxi detrás, quizás hubiera intentado desembarazarse de Lucas llevándolo hacia algún rincón para despacharlo.

A medida que se acercaba el crepúsculo, las calles se volvían más animadas. Había mucha gente paseando por las aceras en las calles de casas bajas y sombrías. La gente de aquel barrio, en cuanto llega la primavera, vive fuera. Las puertas de las tiendas y las ventanas están abiertas. Un olor de mugre y de pobreza se agarraba a la garganta, y a veces se veía a una mujer tirar agua sucia en mitad de la calle.

Lucas debía de estar agotado, aunque no se le notaba. Maigret pensaba aprovechar la primera ocasión propicia para relevarlo. Le daba un poco de vergüenza seguir en taxi, como los invitados que siguen en coche una cacería a caballo.

Por algunos cruces habían pasado ya cuatro o cinco veces. Entonces al hombre se le ocurrió una nueva idea. Se metió en el portal oscuro de una casa; Lucas se detuvo en la puerta. Maigret le hizo señas de que lo siguiera.

—¡Cuidado! —le gritó desde su asiento.

Unos instantes después los dos hombres volvían a salir. Era evidente que el extranjero había entrado en la primera casa que le pareció con el fin de despistar a los policías.

Volvió a hacerlo un par de veces más. La segunda vez Lucas lo encontró sentado en lo alto de la escalera.

Un poco antes de las seis estaban de nuevo en la esquina de la calle du Roi-de-Sicile con la calle Vieille-du-Temple, en un ambiente muy marginal. El extranjero dudaba una vez más. Después se adentró en la calle, donde pululaba una muchedumbre miserable. Se veían los globos deslustrados de muchos hoteles. Las tiendas eran estrechas, los portales daban a patios misteriosos.

No llegó muy lejos. Recorrió unos diez metros cuando sonó un disparo seco, como un neumático que revienta. El movimiento de la calle se detuvo unos instantes, por la fuerza de la costumbre. Se habría dicho que el taxi se había parado él solo, como asombrado.

Luego se oyeron pasos de alguien que corría. Lucas se lanzó en esa dirección. Sonó un segundo disparo.

No se podía ver nada a causa del gentío. Maigret no sabía si habían herido al inspector. Bajó del coche y corrió hacia el desconocido.

Este se había sentado en la acera. No estaba muerto. Se apoyaba con una mano mientras que con la otra se sujetaba el pecho. Sus azules ojos se volvieron hacia el comisario con expresión de reproche.

Después se quedaron velados.

—¡Pobre desgraciado! —dijo una mujer.

Su torso se balanceó y cayó de lado en la acera.

Estaba muerto.

Lucas volvió fatigado pero indemne. La bala no le había alcanzado. El agresor había intentado disparar por tercera vez, pero se le debía de haber encasquillado el arma.

El inspector apenas si lo había visto, y dijo:

—Sería incapaz de reconocerlo. Pero me parece que era moreno.

La muchedumbre, sin querer, había ayudado a que el asesino huyera. Como por casualidad, Lucas no había encontrado en ningún momento paso libre ante él.

Y ahora los rodeaba con un cerco reprobador, casi amenazador. En aquel barrio no hacía falta mucho para olfatear a la policía de paisano.

No tardó en unírseles un agente, que apartó a los curiosos.

—La ambulancia municipal —masculló Maigret—. Llame con el silbato a dos o tres compañeros.

Rápidamente le dio instrucciones en voz baja a Lucas, al que dejó en el lugar con los agentes. Luego miró otra vez al muerto. Le entraban ganas de registrar inmediatamente sus bolsillos, pero un extraño pudor le impedía hacerlo en presencia de los curiosos. Era un gesto demasiado preciso, demasiado profesional, que tendría allí visos de una profanación, incluso de una provocación.

—Ten cuidado —recomendó el comisario en voz baja—. Seguramente habrá otros.

Estaba a dos pasos del Quai des Orfèvres, donde lo dejó el taxi. Subió rápidamente al despacho del jefe y llamó sin hacerse anunciar.

—Otro muerto —dijo—. A este le han disparado delante de nosotros, como a un conejo, en plena calle.

—¿Está identificado?

—Lucas estará aquí dentro de unos minutos, cuando se hayan llevado el cuerpo. ¿Podría disponer de una veintena de hombres? Hay que poner en estado de sitio un barrio entero.

—¿Qué barrio?

—Roi-de-Sicile.

El director de la policía judicial hizo una mueca. Maigret llegó al despacho de los inspectores, eligió unos cuantos y les dio instrucciones.

Luego habló con el comisario que dirigía la brigada de buenas costumbres.

—¿Podría prestarme un inspector que conozca a fondo la calle du Roi-de-Sicile, la calle des Rosiers y el barrio de alrededor? Por allí debe de haber un buen número de mujeres públicas.

—Demasiadas.

—Dentro de media hora le traerán una fotografía.

—¿Otro fiambre?

—Por desgracia. Pero no tiene la cara desfigurada.

—Entendido.

—Debe de haber varios rondando por los alrededores. Cuidado, porque tiran a matar.

Después descendió al departamento de pensiones, donde pidió poco más o menos el mismo servicio a su colega.

Era importante obrar con rapidez. Se aseguró de que los inspectores habían salido a ejercer sus funciones en torno al barrio, y luego llamó al Instituto Forense.

—¿Y las fotos?

—Puede usted enviar a buscarlas dentro de unos minutos. Ya ha llegado el cuerpo. Están en ello.

Le pareció que se le olvidaba algo. Se quedó allí, preparado ya para salir, rascándose la barbilla, y de pronto le vino a la memoria la imagen del juez Coméliau. ¡Menos mal…!

—¿Hola? Buenas tardes, señor juez. Soy Maigret.

—Y bien, señor comisario, ¿cómo va su propietario de café?

—Era de verdad un propietario de café, señor juez.

—¿Identificado?

—Identificado de arriba abajo.

—¿Avanza la investigación?

—Tenemos un nuevo muerto.

Casi le pareció ver cómo se sobresaltaba el magistrado al otro lado de la línea.

—¿Cómo dice?

—Que tenemos un nuevo muerto. Pero esta vez pertenece al bando opuesto.

—¿Quiere usted decir que lo ha matado la policía?

—No. Esos señores se han encargado.

—¿De qué señores habla usted?

—De sus cómplices, seguramente.

—¿Los han detenido?

—Aún no. —Maigret bajó la voz al añadir—: Me temo, señor juez, que esto va a ser largo y difícil. Es un asunto feo, muy feo… Porque matan, ¿comprende?

—Supongo que si no hubieran matado no habría ningún asunto…

—No me entiende usted. Matan fríamente, para defenderse. Eso es muy raro, a pesar de lo que cree la gente. No dudan en matar a uno de los suyos.

—¿Por qué?

—Seguramente porque lo habían identificado y había riesgo de que se descubriera su guarida. Y además es un mal barrio, uno de los peores de París. Un amasijo de extranjeros sin documentación o con documentación falsificada.

—¿Qué piensa hacer?

—Procedimiento rutinario, porque estoy obligado a ello y porque mi responsabilidad se halla en juego. Esta noche, redada. Aunque no sacaremos nada de ello.

—En todo caso, espero que no ocasione nuevas víctimas.

—También yo lo espero.

—¿Hacia qué hora piensa usted actuar?

—Como de costumbre, hacia las dos de la madrugada.

—Esta noche tengo partida de bridge. La prolongaré todo lo que pueda. Llámeme inmediatamente después de la redada.

—Muy bien, señor juez.

—¿Cuándo piensa enviarme su informe?

—En cuanto tenga tiempo. Probablemente no antes de mañana por la noche.

—¿Y su bronquitis?

—¿Qué bronquitis?

La había olvidado. Lucas entró en su despacho con una tarjeta roja en la mano. Maigret sabía ya de qué se trataba. Era una tarjeta sindical a nombre de Victor Poliensky, de nacionalidad checa, trabajador de la fábrica de Citroën.

—¿Qué dirección, Lucas?

—Quai de Javel, ciento treinta y dos.

—Espera... Esa dirección me suena... Debe de ser una pensión de mala muerte que hay en la esquina con no sé qué calleja. Estuvimos allí hace unos dos años. Asegúrate de que tienen teléfono.

Estaba allí, junto al Sena, cerca de la masa oscura de las fábricas, una pensión cochambrosa, atestada de extranjeros recién desembarcados que a veces tenían que acostarse tres o cuatro en la misma habitación a pesar de las órdenes de la policía. Lo más extraordinario era que la casa estaba dirigida por una mujer, la cual lograba tener a raya a todo el mundo. También les daba de comer.

—¿Hola? ¿Hablo con Quai de Javel ciento treinta y dos?

Una voz de mujer, ronca.

—¿Está Poliensky en casa?

Ella se quedó callada, tomándose su tiempo antes de responder.

—Me refiero a Victor...

—Qué.

—Que si está en casa.

—¿Y eso a usted qué le importa?

—Soy amigo suyo.

—Usted es un poli, eso es lo que es.

—Pongamos que sea de la policía. ¿Poliensky vive siempre ahí? No hace falta que le diga que lo vamos a comprobar.

—Ya conozco las costumbres de ustedes.

—¿Y bien?

—Hace más de seis meses que no está aquí.

—¿Dónde trabajaba?

—En Citroën.

—¿Hacía mucho tiempo que estaba en Francia?

—No sé nada.

—¿Hablaba francés?

—No.

—¿Estuvo mucho tiempo en su casa?

—Unos tres meses.

—¿Tenía amigos? ¿Recibía visitas?

—No.

—¿Estaban sus papeles en regla?

—Probablemente, puesto que la brigada de pensiones de usted no me dijo nada.

—Otra pregunta. ¿Comía en su casa?

—Casi siempre.

—¿Frecuentaba a las mujeres?

—Oiga, so cerdo, ¿es que piensa usted que yo me encargo de esas cosas?

Maigret colgó y le dijo a Lucas:

—Llama al departamento de inmigración.

La prefectura de policía no tenía ninguna noticia de aquel hombre en sus ficheros. Dicho de otro modo: el checo había entrado en el país de manera ilegal, como tantos miles y miles que pueblan los barrios bajos de París. Sin duda, como a la mayor parte de ellos, le habían hecho una tarjeta de identidad falsa. Algunas oficinas de los alrededores, precisamente, del barrio de Saint-Antoine las fabrican en serie, a precio fijo.

—Llama a Citroën.

Llegaron las fotografías del muerto y Maigret las distribuyó entre los inspectores de las brigadas de buenas costumbres y de pensiones Él mismo subió a los archivos con las huellas digitales.

No había ninguna ficha que correspondiese.

—¿Está por aquí Moers ? —preguntó, entreabriendo la puerta del laboratorio.

Moers no habría debido estar allí, pues había trabajado toda la noche y todo el día, pero él necesitaba poco descanso.

No tenía familia, ni ninguna amistad conocida, y su única pasión era su laboratorio.

—Aquí estoy, jefe.

—Otro muerto para ti. Pasa antes por mi despacho.

Bajaron juntos. Lucas había hablado por teléfono con el departamento de contabilidad de Citroën.

—La vieja no miente. Él trabajó en la fábrica como obrero manual durante tres meses. Hace seis que no está en nómina.

—¿Buen obrero?

—Pocas ausencias. Pero tienen tantos que no los conocen personalmente. He preguntado si el encargado con el que trabajaba podría darme mañana información más detallada. Es imposible. En el caso de los especialistas, sí. Los obreros manuales, que son casi todos extranjeros, entran y salen y no los conocen. Siempre hay centenares en la verja esperando a inscribirse. Trabajan tres días, tres semanas o tres meses y no se los vuelve a ver. Los cambian de taller según las necesidades.

—¿Y en los bolsillos?

Sobre la mesa había una cartera vieja cuyo cuero había sido verde y que solo contenía, aparte de la tarjeta sindical, una fotografía de una muchacha de cara redonda, muy fresca, con la frente coronada de gruesas trenzas. Sin duda, una joven checa del campo.

Dos billetes de mil francos y tres de cien.

—Es mucho —masculló Maigret.

Una navaja automática grande, de punta alargada y afilada como una hoja de afeitar.

—¿No te parece, Moers, que esta navaja podría muy bien haber matado al pequeño Albert?

—Es posible, jefe.

El pañuelo era también verdoso. A Victor Poliensky le debía de gustar el verde.

—Para ti —le dijo a Moers—. No es agradable, pero nunca se sabe lo que pueden revelar tus análisis.

Un paquete de cigarrillos Caporal y un mechero de marca alemana. Algo de calderilla. Ninguna llave.

—¿Estás seguro de que no tenía ninguna llave, Lucas?

—Completamente, jefe.

—¿Lo han desnudado?

—Todavía no. Esperan a Moers.

—Vete para allá, muchacho. Esta vez no tengo tiempo de acompañarte. Tendrás que quedarte todavía una parte de la noche y vas a estar reventado.

—Me puedo pasar trabajando dos noches seguidas sin problema. No sería la primera vez.

Maigret llamó al Petit Albert.

—¿Nada nuevo, Émile?

—Nada, jefe. Vamos tirando.

—¿Mucha gente?

—Menos que esta mañana. Unos cuantos para tomar el vermut, pero casi nadie para cenar.

—¿A tu mujer le sigue divirtiendo jugar a las tabernas?

—Está encantada. Ha limpiado la habitación a fondo, ha cambiado las sábanas y aquí estaremos muy bien. ¿Y el pelirrojo?

—Muerto.

—¿Cómo?

—Uno de sus compinches prefirió cargárselo de un tiro cuando parecía que le entraban ganas de irse a casa.

Maigret echó otro vistazo al despacho de los inspectores. Había que pensar en todo.

—¿Y el Citroën amarillo?

—Nada nuevo. Pero hay quien nos lo señala en el barrio Barbès-Rochechouart.

—Pues no es ninguna tontería... Hay que seguir esa pista.

Por razones geográficas, una vez más. El barrio de Barbès linda con la estación del Norte. Y Albert había trabajado mucho tiempo como camarero en una cervecería de ese barrio.

—¿Tienes hambre, Lucas? —le preguntó el comisario.

—No mucha. Puedo esperar.

—¿Y tu mujer?

—Solo tengo que llamarla por teléfono.

—Vale. Voy a llamar a la mía y te espero.

Estaba un poco cansado también, y no le gustaba trabajar solo, sobre todo porque la noche prometía ser agotadora.

Pararon en la cervecería Dauphine para tomar el vermut, y, como siempre que estaban metidos en una investigación, producía un asombro ingenuo ver que la vida continuaba con toda normalidad a su alrededor, que la gente se ocupaba de sus pequeños asuntos y bromeaba. ¿Qué le podía importar a aquella gente que hubieran abatido a un checo en un acera de la calle du Roi-de-Sicile? No más que unas líneas en los periódicos.

Luego, un buen día, se enterarían de la misma forma de que habían detenido al asesino.

Tampoco sabía nadie, salvo los iniciados, que se preparaba una redada aquella noche en uno de los barrios más densos e inquietantes de París. ¿Acaso se habían percatado de los inspectores que estaban apostados en todas las esquinas con el aire más indiferente posible?

Algunas muchachas, quizás, agazapadas en los rincones de donde salían de vez en cuando para agarrar del brazo a algún transeúnte, frunciesen el ceño al reconocer la silueta característica de un agente de la brigada de buenas costumbres. Estas esperaban pasar parte de la noche en prisión preventiva. Estaban acostumbradas. Les ocurría por lo menos una vez al mes. Si no tenían ninguna enfermedad, las soltarían hacia las diez de la mañana. ¿Y después?

A los propietarios de pensiones no les gusta que vayan a altas horas a comprobar su registro. Oh, pero están en regla, siempre están en regla...

Se les ponía una fotografía delante de las narices. Hacían como que la miraban atentamente, y a veces iban a buscar sus gafas.

—¿Conoce usted a este tipo?

—No lo he visto nunca.

—¿Tiene usted checos en su casa?

—Tengo polacos, italianos y un armenio, pero ningún checo.

—De acuerdo.

Pura rutina. Uno de los inspectores, en Barbès, que solo se ocupaba del coche amarillo, interrogaba a los encargados de los garajes, a los mecánicos, a los guardias, a los comerciantes, a las porteras.

Pura rutina.

Chevrier y su mujer jugaban a ser dueños de bar en el Quai de Charenton, y muy pronto, después de haber colocado los postigos en la puerta, charlarían un rato cerca de la gran estufa e irían a acostarse tranquilamente en la cama del pequeño Albert y de Nine, la de la bizquera.

Una a la que faltaba encontrar. No había referencia de ella en la policía. ¿Qué podría haber sido de Nine? ¿Sabía que su marido había muerto? Si lo sabía, ¿por qué no había venido a reconocer el cuerpo cuando se publicó la fotografía en los periódicos? Otros podían no haberlo reconocido, pero ella...

¿Habría de creerse que los asesinos se la habían llevado? No se hallaba en el coche amarillo cuando este llevó el cadáver a la plaza de la Concorde.

Apuesto a que nos la encontraremos un día en el campo —dijo Maigret, que seguía con su idea.

Era increíble la cantidad de gente que sentía la necesidad de irse a respirar el aire del campo cuando pasaba algo malo, generalmente a una posada muy tranquila donde la comida fuera buena y el vino clarete.

—¿Tomamos un taxi?

Aquello traería problemas con el responsable de gastos, que ponía una desagradable obstinación en escudriñar los recibos y que solía gritarles: «¿Acaso me paseo yo en taxi?».

Aun así, pararon uno en lugar de cruzar el Pont-Neuf para esperar el autobús.

—A la cervecería Cadran, calle Maubeuge.

Era una buena cervecería, de las que le gustaban a Maigret, sin modernizar, con su clásica serie de espejos en las paredes, con sus sillones de pana rojo oscuro, con sus mesas de mármol blanco y, aquí y allá, un cuenco de níquel para las bayetas. Olía estupendamente a cerveza y a chucrut.

Aunque había demasiadas personas, todas con prisa, cargadas de maletas, que bebían o comían con demasiada rapidez y llamaban al camarero con impaciencia y la mirada fija en el reloj luminoso de la estación.

También el dueño, que estaba al lado de la caja, digno y atento a todo lo que pasaba, formaba parte de la tradición: era pequeño, regordete, calvo, con un traje amplio y zapatos finos sin una mota de polvo.

—Dos raciones de salchichas con chucrut y dos cervezas, y dígale al dueño que venga, por favor.

—¿Quieren ustedes hablar con el señor Jean?

—Sí.

¿Se trataba de un antiguo camarero o antiguo *maître* que había acabado por establecerse por su cuenta?

—¿Señores...?

—Me gustaría hacerle una preguntas, señor Jean. Usted tuvo aquí un camarero llamado Albert Rochain al que llamaban, según creo, el pequeño Albert.

—He oído hablar de él.

—¿Usted no lo conoció?

—Hace solamente tres años que tomé este traspaso. La cajera de entonces había conocido a Albert.

—¿Quiere usted decir que ella ya no está aquí?

—Murió el año pasado. Vivió cuarenta años en ese lugar.

Y señaló la caja de madera barnizada, tras la cual ahora presidía una persona rubia de unos treinta años.

—¿Y los camareros?

—Había también uno viejo, Ernest, pero se jubiló y se volvió a su tierra, en algún lugar de la Dordoña, si no me equivoco.

El dueño seguía en pie ante aquellos dos hombres, que no dejaban de comer sus salchichas con chucrut pero a los que no se les escapaba nada de lo que ocurría alrededor.

—¡Jules!... La veinticuatro...

Sonrió de lejos a un cliente que salía.

—¡François! Las maletas de la señora...

—¿Vive todavía el antiguo propietario?

—Se conserva mejor que usted y que yo.

—¿Sabe usted dónde podría encontrarlo?

—En su casa, naturalmente. Viene a verme de cuando en cuando. Se aburre y habla de volver al negocio.

—¿Podría darme su dirección?

—¿Policía? —preguntó simplemente el dueño.

—Comisario Maigret.

—Disculpe. No sé su número, pero puedo proporcionarle las señas porque me ha invitado dos o tres veces a comer. ¿Conoce usted Joinville? ¿Sabe dónde está la Île d'Amour, un poco pasado el puente? No vive en la isla, sino en una villa situada justo frente a la punta. Delante tiene un amarradero de barcos. La reconocerá fácilmente.

Eran las ocho y media cuando se detuvieron en un taxi frente a la villa. En una placa de mármol blanco ponía EL NIDO, y se veía un ave marina, o lo que quería ser un ave marina, posándose en el borde de un nido.

—Ha debido de costarle trabajo encontrar esto... —dijo Maigret mientras llamaba.

El antiguo patrón del Cadran, en efecto, se llamaba Loiseau, Desiré Loiseau.

—Ya verás como es del Norte y nos va a ofrecer una ginebra añeja.

No falló. Lo primero que vieron fue una mujercita re-gordeta, muy rubia, muy sonrosada, a la que había que mirar de cerca para distinguir las finas arrugas ocultas por una gruesa capa de polvos.

—¡Señor Loiseau! —llamó—. ¡Aquí hay alguien que pregunta por usted!

A pesar de llamarlo así, era la señora Loiseau. Los hizo entrar en el salón, que olía a barniz.

Loiseau era gordo también, pero alto y ancho, más alto y ancho que Maigret, lo que no le impedía moverse con una ligereza de bailarín.

—Siéntese usted, señor comisario. Usted también, se-ñor...

—Inspector Lucas.

—¡Vaya! Yo conocí en el colegio a uno que se llamaba Lucas. ¿Es usted belga, inspector? Yo sí. Se nota, ¿verdad? ¡Pues sí! ¡No me da vergüenza, la verdad! No creo que sea un deshonor. Bobonne, sírvenos algo de beber.

Y entonces tomaron el vasito de ginebra.

—¿Albert? Ya lo creo que me acuerdo. Un muchacho del Norte. Me parece que su madre era belga también. Lo sentí mucho cuando se fue. Mire usted: lo que más importa en nuestro comercio es la alegría. La gente que va al café quiere ver caras sonrientes. Me acuerdo, por ejemplo, de un camarero, muy buen hombre y que tenía no sé cuántos hijos, pero que cuando un cliente pedía una soda, o un litro de Vichy, o cualquier otra bebida no alcohólica, se inclinaba sobre él y le decía en tono confidencial: «¿Usted también tiene úlcera?». Vivía para su úlcera, no hablaba más que de su úlcera, y tuve que prescindir de él, porque la gente se cambiaba de sitio cuando veían que se acercaba a su mesa. Albert era lo contrario. Un bromista. Siempre canturreando. Tenía siempre pinta de ir a ponerse a hacer malabares, de echarse a reír, y tenía una forma especial de decir: «¡Qué buen tiempo hace hoy!».

—¿Se fue para establecerse por su cuenta?

—Sí, no sé dónde por Charenton.

—¿Había heredado?

—No lo creo. Me contaron algunas cosas de él... Yo creo solamente que se casó.

—¿Por la época en que se fue?

—Sí. Un poco antes.

—¿No lo invitó a usted a la boda?

—Seguro que me habría invitado si hubiera sido en París, pues en mi negocio los empleados eran como de la familia. Pero se casaron en provincias, no sé dónde.

—¿No podría acordarse usted?

—No. Confieso que, para mí, todo lo que está por debajo del Loira es el Mediodía.

—¿No conoció usted a su mujer?

—Vino a presentármela un día. Una morena, no muy guapa...

—¿Era bizca?

—Tenía los ojos un poco de través, sí. Pero no molestaba. Hay gente en la que esto resulta desagradable y otras a las que no le queda mal.

—¿No conoce usted su nombre de soltera?

—No. Me parece recordar que se trataba de una pariente, una prima o algo por el estilo. Se conocían de toda la vida. Albert decía: «Ya que hay que acabar ahí tarde o temprano, mejor es que sea con alguien conocido». Siempre estaba bromeando. Al parecer, no tenía rival para cantar coplillas, y algunos clientes me decían seriamente que podía ganarse la vida en los *music-halls*... ¿Otra copita? Como verá usted, esto está tranquilo, incluso demasiado tranquilo, y quién sabe si un día u otro volveré al oficio. Desgraciadamente, no existen muchos empleados como Albert. ¿Lo conoce usted? ¿Le va bien el negocio?

Maigret prefirió no hacerle saber que Albert había muerto, pues preveía más de una hora de suspiros y lamentaciones.

—¿Le conocía usted amigos íntimos?

—Era amigo de todo el mundo.

—Por ejemplo, ¿no iba nadie a buscarle después de su trabajo?

—No. Frecuentaba los hipódromos. Se las arreglaba para dejarse libres muchas tardes. Pero no era imprudente. No pedía nunca prestado. Jugaba según sus medios. Si lo ve usted, dígale de mi parte...

Y la señora Loiseau, que no había abierto la boca desde la llegada de su marido, seguía sonriendo con una sonrisa de maniquí de cera en la vitrina de un peluquero.

¿Que si tomaban otra copita? Pues sí. Sobre todo porque la ginebra era buena. Después, en marcha a la redada, en una calle en la que nadie les sonreiría.

6

En la calle Rivoli, en la esquina con la calle Vieille-du-Temple, se habían detenido dos furgones policiales, y por un instante se vieron relucir los botones plateados de los agentes bajo las farolas. Habían ido a ocupar sus puestos, bloqueando un determinado número de calles en las que ya se encontraban los inspectores de la policía judicial.

Luego, tras los furgones, fueron colocándose los coches celulares. Justo en el ángulo de la calle du Roi-de-Sicile un inspector jefe tenía los ojos fijos en su reloj.

En la calle Saint-Antoine, los transeúntes, inquietos, se volvían y apretaban el paso. En el barrio sitiado se veían todavía algunas ventanas iluminadas, un poco de luz en los portales de las pensiones y el fanal del prostíbulo de la calle des Rosiers.

El inspector jefe, con la mirada todavía fija en su cronómetro, estaba contando los últimos segundos y, a su lado, un Maigret indiferente y un tanto molesto se metía las manos en los bolsillos del abrigo y miraba hacia otra parte.

Cuarenta... Cincuenta... Sesenta... Dos pitadas estridentes a las que inmediatamente contestaron otras. Los agentes de uniforme avanzaron por las calles desplegados, mientras que los inspectores entraban en los hoteles dudosos.

Como siempre en estos casos, empezaron a abrirse ventanas por todos sitios, y en la oscuridad se veían las blancas siluetas que se asomaban, inquietas o agresivas. Ya se oían voces. Y se veía pasar a un agente empujando ante sí a una chica pescada en algún rincón que le lanzaba frases soeces.

También había pasos precipitados de hombres que intentaban huir deslizándose por la oscuridad de las callejuelas, pero en vano, pues iban a parar a otro cordón policial.

—¡Documentación!

Las linternas de bolsillo iluminaban rostros recelosos, pasaportes grasientos, tarjetas de identidad. En algunas ventanas estaban los habituales, que sabían que no se podría dormir durante un buen rato y que asistían a la redada como a un espectáculo.

Las piezas más importantes estaban ya en la prisión preventiva. No habían esperado a la redada; en cuanto se supo que aquella tarde habían matado a un hombre en el barrio, se la habían olido y, en cuanto se hizo de noche, empezaron a deslizarse unas sombras a lo largo de los muros y hombres con viejas maletas o extraños paquetes acababan topándose con los inspectores de Maigret.

Entre ellos se encontraba de todo: uno al que le estaba prohibida la permanencia en París; proxenetas; tarjetas de identidad falsas, como siempre, de polacos y de italianos que tenían cuentas pendientes con la ley.

A todos, mientras adoptaban una expresión indiferente, la misma pregunta brutal:

—¿Adónde vas?

—Me estoy mudando.

—¿Por qué?

En la oscuridad, ojos angustiosos o feroces.

—He encontrado trabajo.

—¿Dónde?

Otros hablaban de reunirse con su hermana, que vivía en el Norte o en los alrededores de Toulouse.

—Hala, sube ahí atrás.

Y a la lechera. Una noche en prisión preventiva para comprobar su identidad. La mayor parte eran pobres diablos, pero muy pocos tenían la conciencia tranquila.

—Ni un solo checo hasta ahora, jefe —le dijeron a Maigret.

El comisario seguía en el mismo sitio, fumando su pipa con aspecto cansado, mirando las sombras agitarse, oyendo los gritos, los pasos precipitados, a veces el ruido seco de un puñetazo en la cara.

En las pensiones era donde había más movimiento. Los dueños se ponían a toda prisa un pantalón y se quedaban malhumorados en su despacho, donde casi todos dormían en una cama plegable. Algunos ofrecían algo de beber a los agentes que hacían guardia en los pasillos mientras los inspectores subían a los pisos con paso lento.

Desde ese momento, todas las celdillas hediondas de la casa despertaban a una vida hormigueante. Sonaban golpes en la primera puerta.

—¡Policía!

Personas en ropa interior, hombres y mujeres medio dormidos, con la tez pálida y, en todos los rostros, la misma expresión ansiosa, a veces salvaje.

—Documentación.

Con los pies descalzos, iban a buscarla bajo la almohada o a un cajón, y a veces tenían que rebuscar en viejas maletas gastadas provenientes del otro extremo de Europa.

En el hotel Lion d'Or, un hombre completamente desnudo permanecía sentado en la cama, con las piernas colgando, mientras su acompañante enseñaba una tarjeta de prostituta.

—¿Y tú?

El hombre miraba al inspector sin comprender.

—Tu pasaporte.

Ni siquiera se movió. Su cuerpo parecía aún más pálido al estar cubierto de pelos negros y largos. Los vecinos lo miraban desde el rellano y se reían.

—¿Quién es? —le preguntó el inspector a la chica.

—No lo sé.

—¿No te ha dicho nada?

—No habla una palabra de francés.

—¿Dónde lo has encontrado?

—En la calle.

¡A prisión preventiva! Le pusieron su ropa en la mano. Le hacían señas para que se vistiese, pero estuvo un buen rato sin comprender; luego protestaba y se volvía hacia su compañera, a la que parecía reclamar algo. Su dinero, sin duda. Quizás había llegado a Francia aquella misma tarde e iba a pasar su primera noche en el Quai de l'Horloge.

—Documentación...

Las puertas se entreabrían en habitaciones destartaladas, en las que, además del olor de la casa, se respiraba el de sus huéspedes de una semana o de una noche.

Quince, veinte personas se congregaban ante los coches celulares. Los empujaban uno a uno al interior, y algunas chicas, que ya estaban acostumbradas, bromeaban con los agentes. Otras, para divertirse, les dirigían gestos obscenos.

Algunas personas lloraban. Los hombres apretaban los puños, entre ellos un adolescente muy rubio, con la cabeza afeitada, que no tenía ninguna documentación y al que le habían encontrado una pistola.

Tanto en los hoteles como en la calle, solo se hacía una selección elemental. El verdadero trabajo se haría en la prisión preventiva a lo largo de la noche o a la mañana siguiente.

—Documentación.

Los dueños de las pensiones eran quienes más nerviosos se ponían, pues corrían el riesgo de perder su licencia. De todas formas, ninguno tenía los documentos en regla. En todas las pensiones se encontraron viajeros no registrados.

—Usted sabe, señor inspector, que yo tengo siempre los papeles en regla, pero cuando un cliente se presenta a medianoche y uno está dormido...

Se abrió una ventana en el hotel Lion d'Or, cuyo globo blanquecino era el más cercano a Maigret. Sonó un silbato. El comisario avanzó y levantó la cabeza.

—¿Qué pasa?

Como por casualidad, arriba había un inspector joven, que balbuceó:

—Me parece que debería subir usted.

Maigret subió la estrecha escalera con Lucas pisándole los talones. Tocaba al mismo tiempo el pasamanos y la pared. Los escalones crujían. Hacía muchos lustros, por no decir siglos, que había que haber derribado todas aquellas casas o, mejor dicho, haberlas quemado, con sus nidos de pulgas y piojos procedentes de todos los países del mundo.

Era en el piso segundo. Había una puerta abierta, y en el techo brillaba una bombilla de bajo voltaje sin pantalla, colgando de un cable, con los filamentos amarillos. En la habitación no había nadie. Había dos camas de hierro, de las cuales solo una estaba deshecha. Y también un colchón en el suelo, con mantas de mala calidad, grises, una chaqueta sobre una silla, un hornillo de alcohol y, sobre una mesa, algo de comida y botellas vacías.

—Por aquí, jefe...

La puerta de comunicación con la habitación contigua estaba abierta, y Maigret vio a una mujer acostada con la cabeza apoyada en la almohada, y dos ojos castaños, ardientes, magníficos, que lo miraban ferozmente.

—¿Qué pasa? —preguntó.

Rara vez había visto una cara tan expresiva ni tan salvaje.

—Mírela bien —balbuceó el inspector—. He querido hacer que se levantase. Le he hablado, pero no se ha molestado en contestarme. Entonces me he acercado a la cama. He intentado cogerla por los hombros. Mire mi mano. Me ha mordido hasta hacerme sangre.

La mujer no se reía al ver al inspector enseñar su dedo dolorido. Sus rasgos, por el contrario, se crispaban como a causa de un sufrimiento violento.

Y Maigret, que observaba la cama, frunció el ceño y refunfuñó:

—Pero si está a punto de dar a luz… —Se volvió hacia Lucas—: Llama para que venga una ambulancia. Llévala a la maternidad. Dile al dueño que suba inmediatamente.

El joven inspector se sonrojó y ya no se atrevía a mirar la cama. La caza continuaba por los otros pisos de la casa, y los suelos retumbaban.

—¿No quieres hablar? —preguntó Maigret a la mujer—. ¿No entiendes el francés?

Ella lo miró fijamente. Era imposible adivinar lo que pensaba. El único sentimiento que su rostro expresaba era un odio salvaje.

Era joven. No tendría más de veinticinco años, y sus mejillas redondeadas estaban rodeadas por largo cabello de un negro sedoso. Alguien tropezó en la escalera. El dueño se detuvo dubitativo en la puerta.

—¿Quién es?

—La llaman Maria.

—¿Maria qué?

—No creo que tenga apellido.

De pronto Maigret estalló en una cólera de la que enseguida se avergonzó. Cogió un zapato de hombre que había a los pies de la cama y le gritó:

—¿Y esto? —Se lo lanzó al dueño contra las piernas—. ¿Esto tampoco tiene apellido? ¿Y esto? ¿Y esto?

Cogía una chaqueta y una camisa sucia del fondo de un estante, otro zapato, una gorra.

—¿Y esto?

Pasó a la habitación vecina, señalando dos maletas en un rincón.

—¿Y esto?

Había queso en un papel grasiento, cuatro vasos y platos con restos de fiambre.

—¿Estaban inscritos en tu libro todos los que vivían aquí? ¿Eh? ¡Contesta! Y, para empezar, ¿cuántos eran?

—No lo sé.

—¿Esta mujer habla francés?

—No lo sé. No... Entiende algunas palabras...

—¿Cuánto tiempo hace que está aquí?

—No lo sé.

El hombre tenía un enorme forúnculo azulado en el cuello, aspecto enfermizo y el pelo ralo. El pantalón, como no se había puesto los tirantes, se le resbalaba y él se lo sujetaba con las manos.

—¿Cuándo ha comenzado esto?

Maigret señalaba a la mujer.

—No me habían dicho nada...

—¡Mientes! ¿Y los otros? ¿Dónde están?

—Se han ido...

—¿Cuándo?

Maigret se encaminó hacia él, duro, con los puños apretados. En ese momento habría sido capaz de golpearlo.

—Se han largado en cuanto mataron a ese tipo en la calle, ¡confiésalo! Han sido más listos que los otros. No han esperado a que se formase el cordón policial.

El dueño no contestaba.

—¡Mira a este, confiesa que lo conoces!

Le puso bajo las narices la fotografía de Victor Poliensky.

—¿Lo conoces?

—Sí.

—¿Vivía en esta habitación?

—Al lado.

—¿Con los otros?... ¿Y quién se acostaba con esa mujer?

—Le juro que no sé nada. Puede que fueran varios...

Subió Lucas. Casi inmediatamente se oyó la sirena de la ambulancia. La mujer dio un grito de dolor, pero enseguida se mordió el labio y miró a los hombres con expresión desafiante.

—Escucha, Lucas, yo aquí tengo todavía para un rato. Vete con ella. No la dejes sola. No te alejes del pasillo del hospital. Yo voy a intentar dar con un traductor checo.

Otros inquilinos a los que se había desalojado y que bajaban lentamente la escalera tropezaron con los enfermeros que subían llevando una camilla. Bajo la luz difusa, todo tenía un aire fantástico. Parecía una pesadilla, pero una pesadilla que oliera a mugre y a sudor.

Maigret prefirió hacerse a un lado mientras los enfermeros se ocupaban de la joven.

—¿Adónde te la llevas? —le preguntó a Lucas.

—Al Laennec. He llamado a tres hospitales antes de encontrar una plaza libre.

El dueño del hotel no se atrevía a moverse y miraba al suelo con aire lúgubre.

—Quédate aquí. Cierra la puerta —le ordenó Maigret cuando se despejó el terreno—. Y, ahora, habla.

—No sé gran cosa, se lo juro.

—Esta tarde ha venido un inspector y te ha enseñado la fotografía. ¿Es correcto?

—Correcto.

—Has dicho que no conocías al tipo.

—Perdone, pero lo que he dicho es que no era cliente del hotel.

—¿Cómo es eso?

—No está registrado, y la mujer tampoco. Fue otro el que se registró para las dos habitaciones.

—¿Cuánto tiempo hace de eso?

—Unos cinco meses.

—¿Cómo se llama?

—Serge Madok.

—¿Es el jefe?

—¿El jefe de qué?

—Voy a darte un buen consejo: no te hagas el tonto. Si no, vamos a terminar esta conversación en otro lugar y mañana por la mañana te cierran el garito. ¿Entendido?

—Yo he estado siempre dentro de la ley.

—Menos esta tarde. Háblame de ese Serge Madok. ¿Es checo?

—Así es como se registró. Todos hablan la misma lengua. No es polaco, porque a esa estoy acostumbrado.

—¿De qué edad?

—Unos treinta años. Al principio me dijo que trabajaba en una fábrica.

—¿Y trabajaba realmente?

—No.

—¿Cómo lo sabes?

—Porque se pasaba aquí todo el día.

—¿Y los otros?

—Los otros también. Solo salía uno cada vez. Por lo general era la mujer la que iba a la compra, a la calle Saint-Antoine.

—¿Qué hacían de la mañana a la noche?

—Nada. Dormían, comían, bebían, jugaban a las cartas. Eran bastante tranquilos. De vez en cuando se ponían a cantar, pero nunca por la noche, así que no les podía decir nada.

—¿Cuántos eran?

—Cuatro hombres y Maria.

—¿Y los cuatro hombres... con Maria?

—No lo sé.

—¡Mientes! Habla.

—Desde luego ocurría algo raro, pero no sé qué exactamente. Algunas veces discutían, y me pareció comprender que era a causa de ella. Muchas veces, cuando entraba en la habitación de atrás, no era siempre el mismo el que faltaba.

—¿Y el de la foto, Victor Poliensky?

—Me parece que también. Casi seguro. Desde luego él estaba enamorado.

—¿Quién era el más importante?

—Creo que era uno que llamaban Carl. Oí alguna vez su apellido, pero es tan complicado que nunca lo he podido pronunciar y no he logrado retenerlo.

—Un momento.

Maigret sacó el cuadernito de notas y chupó su lápiz como un colegial.

—Primero, la mujer, a la que llamas Maria. Luego, Carl. Después, Serge Madok, a nombre del cual estaban registradas las dos habitaciones. Victor Poliensky, que ha muerto. ¿Esos son todos?

—También está el crío.

—¿Qué crío?

131

—Supongo que es el hermano de Maria. Al menos se le parece. Siempre oí que lo llamaban con el nombre de Pietr. Debe de tener dieciséis o diecisiete años.

—¿Tampoco trabaja?

El dueño negó con la cabeza. Como Maigret había abierto la ventana para ventilar las habitaciones —aunque el aire de la calle apestaba casi tanto como el del hotel—, tenía frío sin chaqueta y empezaba a tiritar.

—Ninguno trabaja.

—Pero gastaban mucho dinero...

Maigret señaló un montón de botellas vacías en un rincón, entre las cuales había algunas de champán.

—Para vivir en este barrio, gastaban mucho. Pero dependía del momento. Había épocas en las que tenían que apretarse el cinturón. Se veía enseguida. Cuando el crío hacía muchos viajes para ir a vender las botellas vacías, era que los fondos estaban bajos.

—¿No venía nadie a verlos?

—Quizás alguna vez.

—¿Sigues queriendo continuar esta conversación en el Quai des Orfèvres?

—No. Le diré todo lo que sé. Vinieron a verlos dos o tres veces.

—¿Quién?

—Un señor. Uno bien vestido.

—¿Subió a la habitación? ¿Qué es lo que te dijo al pasar por tu despacho?

—No preguntó nada. Debía de saber el piso en que vivían. Subió directamente.

—¿Eso es todo?

Fuera, el movimiento había ido calmándose poco a poco. En las ventanas se habían apagado las luces. Todavía se oían los pasos de los agentes que hacían su última ronda y llamaban a algunas puertas.

El inspector jefe subió.

—Espero sus órdenes, señor comisario. Hemos acabado. Los dos coches están llenos.

—Ya pueden marcharse. ¿Quiere usted decirles a dos de mis inspectores que suban?

El hotelero gimió:

—Tengo frío.

—Y yo calor.

Pero Maigret no se atrevía a quitarse el abrigo, por no dejarlo en ningún sitio en aquella casa piojosa.

—¿No has visto nunca en otro lugar al hombre que vino a verlos? ¿No has visto tampoco su foto en los periódicos? ¿No era este?

Le enseñó la fotografía del pequeño Albert, que llevaba siempre en el bolsillo.

—No se le parece. Era un hombre de buen aspecto, muy elegante, con un bigotito oscuro.

—¿De qué edad?

—Quizás unos treinta años. Me fijé en que llevaba una gran sortija de oro.

—¿Francés? ¿Checo?

—Seguramente no era francés. Les hablaba en su lengua.

—¿Has escuchado algo detrás de la puerta?

—Alguna vez. Me gusta saber lo que pasa en mi casa, lo entiende?

—Sobre todo porque no tardaste en comprenderlo.

—¿En comprender qué?

—¿Me tomas por idiota o qué? ¿Qué es lo que hacen los tipos que se esconden en un tugurio como este y no buscan trabajo? ¿De qué viven? ¡Contesta!

—Eso no me importa.

—¿Cuántas veces faltaron todos al mismo tiempo?

El hombre se ruborizó; dudaba, pero la mirada de Maigret lo inclinó un poco a la sinceridad.

—Cuatro o cinco veces.

—¿Cuánto tiempo? ¿Una noche?

—¿Cómo sabe usted que era por la noche? Por lo general era una noche. Pero una vez estuvieron fuera dos días y dos noches, y empecé a pensar que no iban a volver.

—Pensaste que los habían detenido, ¿verdad?

—Quizá.

—¿Qué es lo que te daban al volver?

—Me pagaban el alquiler.

—¿El alquiler de una sola persona? Porque, a fin de cuentas, solo había una persona registrada.

—Me daban un poco más.

—¿Cuánto? Mucho cuidado, amigo. No olvides que puedo encerrarte como cómplice.

—Una vez me dieron quinientos francos. Otra vez, dos mil francos.

—¿Y organizaban enseguida la juerga?

—Sí. Iban a buscar un montón de provisiones.

—¿Quién era el que hacía guardia?

Esta vez la turbación del dueño fue mayor y por inercia echó un vistazo a la puerta.

—Tu tugurio tiene dos salidas, ¿verdad?

—Por los patios, saltando dos muros, se llega a la calle Vieille-du-Temple.

—¿Quién hacía guardia?

—¿En la calle?

—En la calle, sí. Ya supongo que siempre había uno en la ventana. Madok debió de pedir una habitación que diera a la calle.

—Es verdad. Y también es verdad que había siempre uno paseándose por el pasillo. Se relevaban.

—Un pequeño dato más, ¿cuál de ellos te amenazó con liquidarte si hablabas?

—Carl.

—¿Cuándo?

—La primera vez que volvieron después de estar fuera una noche.

—¿Cómo supiste que la amenaza iba en serio, que eran gente capaz de matarte?

—Yo había entrado en la habitación. A veces doy una vuelta por la casa, con el pretexto de ver si va bien la luz o si han cambiado las sábanas.

—¿Se cambian a menudo?

—Cada mes. Sorprendí a la mujer a punto de lavar una camisa en la palangana, y vi enseguida que era sangre.

—¿La camisa de quién?

—De uno de los hombres; no sé cuál.

Dos inspectores esperaban en el rellano las órdenes de Maigret.

—Haría falta que uno de vosotros fuera a llamar a Moers. Dada la hora que es, debe de estar durmiendo, a menos que esté terminando su trabajo. Si no está en el Quai des

Orfèvres, que lo llamen a su casa. Que venga aquí con sus aparejos.

Sin prestar atención al hotelero, Maigret iba arriba y abajo por las dos habitaciones, abriendo un armario, un cajón, dando una patada a un montón de ropa sucia. En las paredes, el papel pintado no tenía ya color y se despegaba por muchos sitios. Las camas de hierro eran negras, lúgubres, y las mantas, de un sucio gris de cuartel. Todo estaba en desorden. En el momento de su huida, los inquilinos debían de haber cogido rápidamente lo más necesario, pero no se habían atrevido a llevarse nada voluminoso por temor a llamar la atención.

—¿Se fueron justo después del disparo? —preguntó Maigret.

—Justo después.

—¿Por la parte delantera?

—Por los patios.

—¿Quién estaba fuera en ese momento?

—Victor, claro. Después, Serge Madok.

—¿Quién bajó a llamar?

—¿Cómo sabe que llamaron?

—¡Contesta!

—Los llamaron hacia las cuatro y media. No reconocí la voz, pero era alguien que hablaba su lengua y que dijo simplemente el nombre de Carl. Yo lo llamé. Bajó. Lo recuerdo en mi despacho, furioso, haciendo gestos rabiosos. Gritaba mucho al aparato. Cuando subió se puso a maldecir y a echar pestes; después, casi justo después, bajó Serge Madok.

—Por tanto, fue Madok el que mató a su compañero.

—Es muy posible.

—¿No intentaron llevarse a la mujer?

—Les hablé de eso cuando cruzaron por el pasillo. Ya me había dado cuenta de que todo eso me iba a traer disgustos. Les dije que por qué no se la llevaban. Tenía tantas ganas de que desaparecieran todos... No sabía que iba a dar a luz tan pronto. Subí y le dije que se fuera como los otros. Estaba acostada. Me miraba tranquilamente. Entiende el francés mucho mejor de lo que parece. No se molestó en contestarme, pero hubo un momento en que sintió dolores, y entonces comprendí...

—Tú, muchacho —le dijo Maigret al inspector que se había quedado—, vas a esperar la llegada de Moers. No dejes entrar a nadie en estas dos habitaciones, sobre todo a este mono. ¿Vas armado?

El policía señaló la pistola que le abultaba en el bolsillo de su chaqueta.

—Que Moers se centre primero en las huellas. Luego que se lleve todo lo que crea que nos pueda dar alguna pista. No han dejado ningún papel, naturalmente. Ya lo he comprobado yo.

Calcetines viejos, calzoncillos, una armónica, una caja con hilo y agujas, ropa, varias barajas de naipes, unos pequeños personajes tallados a navaja en madera blanda...

Bajó la escalera pegado al dueño, al que hacía andar delante de él. Lo que llamaban el despacho era una estancia minúscula, mal iluminada, sin aire, con una cama plegable y una mesa con un hornillo y restos de comida.

—¿Supongo que no anotarías las fechas en las que se ausentaron esos matones?

Muy rápido, el hombre respondió negativamente.

—Ya me lo temía. Pero no importa. Tienes hasta mañana por la mañana para acordarte. ¿Entiendes? Mañana por la mañana vendré aquí o mandaré a buscarte para que vengas a mi despacho. Y entonces voy a necesitar las fechas, *las fechas exactas*, sopesa bien lo que te digo. A falta de lo cual, no tendré más remedio que encerrarte.

El hostelero quería decir algo más, pero dudaba.

—¿Si por casualidad vinieran..., usted..., usted... me autoriza a hacer uso de mi pistola?

—Parece que te das cuenta de que sabes demasiado, ¿verdad?, y que se les podría ocurrir que siguieras la misma suerte que Victor...

—Tengo miedo.

—Habrá un guardia en la calle.

—Pueden venir por los patios...

—Ya lo había pensado. Pondré otro guardia en la calle Vieille-du-Temple.

Las calles estaban desiertas y el silencio contrastaba con la algarabía de las últimas horas. Ya no quedaba el menor rastro de la redada. En las ventanas se habían apagado las luces. Todo el mundo dormía salvo aquellos a quienes habían llevado a la prisión preventiva y Maria, que debía de estar a punto de dar a luz en el hospital mientras Lucas montaba guardia ante su puerta.

Maigret apostó a dos hombres, como había prometido, les dio instrucciones detalladas y se quedó unos instantes esperando un taxi en la calle Rivoli. La noche era clara y fresca.

Dudó un momento al subir al coche. ¿No había dormido la noche anterior? ¿No había tenido tres días y tres noches para descansar durante su famosa bronquitis? ¿Había tenido tiempo Moers de dormir?

—¿Dónde se puede encontrar algo abierto? —preguntó.

De pronto le había entrado hambre. Hambre y sed. Ante la idea de una cerveza bien fresca, con su espuma plateada, se le hacía la boca agua.

—Aparte de las salas de fiestas, solo se me ocurre La Coupole o las tabernitas de Les Halles.

Lo sabía muy bien. ¿Por qué había hecho la pregunta entonces?

—A La Coupole.

La gran sala estaba cerrada, pero el bar seguía abierto, y había algunos clientes soñolientos. Pidió dos magníficos bocadillos de jamón y se bebió tres cervezas casi de un trago. Había dejado el taxi esperándolo. Eran las cuatro de la madrugada.

—Al Quai des Orfèvres. —De camino, rectificó—: Vaya mejor a la prisión preventiva, Quai de l'Horloge.

Allí estaba todo el mundo, y el olor recordaba a la calle du Roi-de-Sicile. Habían puesto a los hombres por un lado y a las mujeres por el otro, mezclados con los vagabundos, los borrachos y las mujerzuelas recogidas durante la noche en París. Algunos dormían tumbados en el suelo. Los habituales se habían quitado los zapatos y se masajeaban los pies doloridos. A través de las rejas, las mujeres bromeaban con los guardianes y, a veces, una de ellas, por provocar, se levantaba las faldas hasta la cintura.

Los agentes jugaban a las cartas cerca de la estufa, sobre la que se calentaba el café. Los inspectores esperaban las órdenes de Maigret.

En teoría, no se iba a mirar la documentación de nadie hasta las ocho, hora en que los llevarían arriba y los dejarían desnudos como gusanos para la inspección médica y antropométrica.

—Ya podéis empezar, muchachos. Dejad la documentación al cuidado del comisario de día. Quiero que cojáis uno a uno a los de la calle du Roi-de-Sicile, sobre todo a las mujeres... Y especialmente a todos los que vivan en el hotel Lion d'Or, si hay alguno...

—Una mujer y dos hombres.

—Bueno. Pues les sacáis todo lo que sepan sobre los checos y sobre Maria.

Les dio una breve descripción de los miembros de la banda, y fueron a instalarse cada uno en una mesa.

Empezaba el interrogatorio, que iba a durar el resto de la noche, mientras Maigret, por los pasillos oscuros, en los que iba tanteando para encontrar los interruptores, atravesaba el Palacio de Justicia y llegaba a su despacho.

Lo recibió Joseph, el ordenanza de noche, cuyo rostro a Maigret le resultó agradable volver a ver. Había luz en el despacho de los inspectores, donde en ese instante estaba sonando el teléfono.

Maigret entró. Bodin estaba al aparato y decía:

—Ahora mismo se pone... Entra en este momento...

Era Lucas, el cual anunció que Maria acababa de tener un niño que pesaba cuatro kilos. La muchacha había intentado saltar de la cama cuando la enfermera quiso salir de la habitación con el bebé para asearlo.

7

Cuando Maigret bajó del taxi en la calle Sèvres, frente al hospital Laennec, vio un gran coche con matrícula del cuerpo diplomático. En la entrada esperaba un hombre alto y delgado, vestido con una corrección intimidatoria, y de gestos tan impecablemente estudiados y expresiones faciales tan perfectas, que uno no deseaba escuchar las palabras que pronunciaba con lentitud, sino contemplarlo como si fuera un espectáculo.

Sin embargo, ni siquiera se trataba del último secretario de la embajada de Checoslovaquia, sino simplemente de un empleado de la cancillería.

—Su excelencia me ha dicho... —empezaba.

Y Maigret, para quien las últimas horas podían contarse entre las más ajetreadas de su vida, se contentó con mascullar, tomándole la delantera:

—Está bien.

Cierto es que, en la escalera del hospital, se volvió para hacerle una pregunta a su acompañante que hizo que este se sobresaltara.

—¿Habla usted checo, por lo menos?

Lucas estaba en el pasillo, mirando melancólicamente el jardín por una ventana abierta. La mañana era gris y lluviosa. Una enfermera había ido antes a rogarle que no fumase y Lucas suspiró, señalando con un dedo la pipa de Maigret.

—Se la van a hacer apagar, jefe.

Tuvieron que esperar a que fuera a buscarlos la enfermera de guardia. Era una mujer de edad incierta que se mostraba insensible a la celebridad de Maigret y a la cual no debía de gustarle la policía.

—Es importante que no se canse. Cuando les haga señas para que salgan, les ruego que no insistan.

Maigret se encogió de hombros y entró el primero en la pequeña habitación blanca, en la que Maria parecía dormitar mientras su bebé dormía en una cuna al lado de su cama. Sin embargo, entre las pestañas se filtraba una mirada atenta a cada gesto de los dos hombres.

Estaba tan hermosa como la noche anterior en la calle du Roi-de-Sicile. Tenía la piel más pálida. Le habían recogido el pelo en dos grandes trenzas que le rodeaban la cabeza.

Maigret, después de colocar su sombrero sobre una silla, le dijo al checo:

—¿Puede preguntarle su nombre?

Aguardó sin ninguna esperanza. En efecto, la joven se contentó con echarle una mirada de odio a aquel hombre que le hablaba en su idioma.

—No contesta —dijo el traductor—. Pero, por lo que he podido observar, no es checa, sino eslovaca. Le he hablado en las dos lenguas, y se ha sobresaltado al oír hablar en la segunda.

—Dígale que le aconsejo sinceramente que conteste a mis preguntas, porque, en caso contrario y a pesar de su estado, la trasladarán hoy mismo a la enfermería de La Santé.

El checo experimentó un sobresalto de *gentleman* ofendido, y la enfermera, que iba arriba y abajo por la habitación, murmuró como para ella misma:

—Ya me gustaría a mí ver eso... —Y después le dijo a Maigret—: ¿No ha leído abajo, en la escalera, que está prohibido fumar?

Con una docilidad insospechada, el comisario se retiró la pipa de la boca y dejó que se apagara entre sus dedos.

Maria pronunció por fin algunas palabras.

—¿Puede traducir?

—Dice que eso le da igual y que nos odia a todos. No me había equivocado. Es eslovaca, seguramente una eslovaca del sur, una muchacha de campo.

Parecía aliviado. Su honor de checo puro, de Praga, no quedaba en entredicho, puesto que se trataba de una campesina eslovaca.

Maigret había sacado su cuadernito negro del bolsillo.

—Pregúntele dónde se encontraba la noche del doce al trece de octubre.

Esta vez la joven acusó el golpe; su mirada se volvió más turbia y se fijó en el comisario con insistencia. No obstante, no salió de sus labios el menor sonido.

—La misma pregunta respecto a la noche del ocho al nueve de diciembre.

Estaba inquieta. Se veía su pecho subir y bajar. Involuntariamente hizo un movimiento hacia la cuna, como para proteger a su hijo.

Era una mujer magnífica. La enfermera era la única que no se daba cuenta de que la joven era de una raza diferente y la trataba como a una mujer normal, como a una parturienta.

—¿Va usted a acabar pronto de hacerle preguntas estúpidas?

—En ese caso, le vamos a formular otra pregunta que quizá le haga cambiar de opinión, señora o señorita.

—Señorita, por favor —repuso la enfermera.

—Eso me parecía. ¿Me hace el favor de traducir, caballero? En el curso de la noche del ocho al nueve de diciembre, en una granja de Picardía, en Saint-Gilles-les-Vaudreuves, una familia entera fue salvajemente despedazada a hachazos. La noche del doce al trece de octubre, dos ancianos, dos granjeros, fueron asesinados en su granja de Saint-Aubin, también en Picardía. Y la noche del veintiuno al veintidós de noviembre, dos viejos y un criado, un pobre idiota, fueron igualmente atacados a golpes de hacha.

—Supongo que no pretenderá usted que fuera ella...

—Un momento, señorita. Déjele que traduzca, ¿quiere?

El checo tradujo bastante a disgusto, como si hablar de aquellas matanzas le ensuciara las manos. A las primeras palabras, la mujer se incorporó y descubrió un seno que no trató de cubrirse.

—Hasta el ocho de diciembre no se sabía nada de los asesinos, porque no dejan supervivientes. ¿Comprende usted, señorita?

—Me parece que el doctor le ha permitido solo una visita de unos minutos...

—No tema usted nada. Es fuerte. Mírela.

Seguía estando hermosa al lado de su pequeño, como una loba, como una leona, igual que debía de estar a la cabeza de sus machos.

—Le ruego que traduzca palabra por palabra. El ocho de diciembre tuvo un descuido. Una niña de nueve años, descalza, en camisa, logró escurrirse de su cama antes que se fijaran en ella y se escondió en un rincón donde nadie la buscó. Desde allí, lo vio y lo oyó todo. Vio a una mujer morena, una mujer magnífica y salvaje que acercaba la llama de una vela a los pies de su madre mientras uno de los hombres hendía el cráneo de su abuelo y otro servía de beber a sus camaradas. La granjera gritaba, suplicaba, se retorcía de dolor, mientras esta... —y Maigret señalaba la cama de la recién parida—, mientras esta, sonriente, extremaba el suplicio aplastando una colilla encendida en los pechos de la mujer.

—¡Por favor! —exclamó la enfermera.

—Traduzca.

Durante todo este tiempo, Maigret observaba a Maria, que no dejaba de mirarlo encogida sobre sí misma, con las pupilas brillantes.

—Pregúntele si tiene algo que decir.

Solo obtuvieron una sonrisa de desprecio.

—Esta mañana, a esa pequeña, que escapó a la carnicería, que quedó huérfana y que ahora está acogida en una familia de Amiens, le han puesto delante una fotografía de esta mujer transmitida por belinógrafo. La ha reconocido de inmediato. Nadie la había prevenido. Simplemente le pusieron la fotografía ante los ojos y la emoción fue tan intensa que le dio un ataque de nervios. Traduzca, señor checo.

—Es eslovaca —repetía este.

El bebé empezó a llorar y la enfermera, después de consultar el reloj, lo sacó de la cuna. La madre lo seguía con la mirada mientras lo cambiaban.

—Tengo que indicarle que es la hora, señor comisario.

—¿Era también la hora para esas personas de las que estamos hablando?

—El bebé tiene que tomar el pecho.

—Que lo tome.

Desde luego era la primera vez que Maigret llevaba a cabo un interrogatorio mientras que un recién nacido ajustaba los labios al blanco seno de una asesina.

—Sigue sin contestar, ¿verdad? Supongo que tampoco dirá nada cuando le hable usted de la viuda Rival, asesinada en su granja el nueve de enero. Es la última fecha. Su hija de cuarenta años siguió el mismo camino. Supongo que Maria estaría presente. Como siempre, en los cuerpos había quemaduras. Traduzca.

Maigret notaba un profundo malestar a su alrededor, una hostilidad sorda, pero eso no tenía remedio. Se encontraba extenuado. Si hubiera podido sentarse unos minutos en un sillón, se habría dormido.

—Háblele ahora de sus hombres, de Victor Poliensky, especie de tonto de pueblo con la fuerza de un gorila; de Serge Madok, con el cuello grueso y la piel grasienta; de Carl y del chiquillo al que llaman Pietr.

Ella entendía los nombres según los iba pronunciando Maigret, y ante cada uno se estremecía.

—¿Acaso el pequeño era también su amante?

—¿Tengo que traducir eso?

—Se lo ruego. No creo que la haga sonrojarse.

Aun estando acorralada, la evocación del adolescente la hizo sonreír.

—Pregúntele si era de verdad su hermano.

Cosa curiosa: había algunos momentos en que los ojos de la mujer traslucían una cálida ternura, no solo al acercar a su seno la carita del niño.

—Ahora, señor checo...

—Me llamo Franz Lehel.

—Me da igual. Le ruego que traduzca exactamente, palabra por palabra, lo que le voy a decir. Es posible que de ello dependa la cabeza de su compatriota. Dígale primero eso: que su cabeza depende de la actitud que tome.

—¿De verdad tengo que decir eso?

La enfermera murmuró:

—Es repugnante...

Pero Maria no se movió. Se puso un poco más pálida y luego volvió a sonreír.

—Hay otro individuo que no sabemos quién es y que era su jefe.

—¿Traduzco?

—Se lo ruego.

Esta vez la parturienta esbozó una sonrisa irónica.

—Ya sé que no va a decir nada. Ya lo suponía cuando llegué. No es una mujer a la que se pueda intimidar. No obstante, quiero saber un detalle, porque hay vidas humanas en juego.

—¿Traduzco?

—¿Para qué le he hecho venir?

—Para traducir. Le ruego que me perdone.

Y, todo estirado, parecía recitar una lección.

—Entre el doce de octubre y el veintiuno de noviembre hay algo menos de mes y medio. Entre el veintiuno de noviembre y el ocho de diciembre hay algo más de quince días. Y luego cinco semanas hasta el diecinueve de enero. ¿No comprende usted? Es el tiempo que necesita la banda para gastar el dinero. Estamos a finales de febrero. No puedo prometer nada. Por otra parte, cuando el proceso vaya a los tribunales, se decidirá su suerte. Traduzca.

—¿Quiere usted repetirme las fechas?

Maigret se las dijo nuevamente y esperó a que tradujera.

—Además, dígale que si, al contestar a mis últimas preguntas, con ello evita nuevas matanzas, se le tendrá en cuenta.

La mujer no se movió, pero su gesto se volvió más despreciativo.

—No le estoy preguntando dónde se encuentran en este momento sus amigos. Ni siquiera estoy preguntándole el nombre del jefe de la banda. Solo quiero saber si los fondos están ya bajos, si tienen preparado un nuevo golpe para los próximos días.

Esto no hizo más que aumentar el brillo en los ojos de Maria.

—Bien. No contestará. Creo que he comprendido. Solo queda por saber si Victor Poliensky fue el asesino.

Ella escuchó la traducción atentamente, esperó, mientras Maigret se iba poniendo nervioso por tener que pasar por el canal del empleado de la cancillería.

—No debían de ser muchos los que manejaran el hacha, y si no era ese el cometido de Victor, no veo qué utilidad tenía para la banda llevar a rastras a semejante anormal. Él fue, en definitiva, quien hizo que atraparan a Maria y quien hará que los atrapen a todos.

De nuevo traducción. Ahora ella parecía triunfante. Ellos no sabían nada. Ella era la única que sabía. Estaba en la cama, debilitada, con un recién nacido junto al pecho, pero callaba y seguiría callando.

Una rápida ojeada involuntaria a la ventana delató sus pensamiento. Cuando la abandonaron en la calle du Roi-de-Sicile —seguramente había sido ella quien exigió que la abandonasen—, debieron de hacerle promesas.

Conocía bien a sus hombres. Tenía confianza en ellos. Mientras estuvieran libres no debía temer nada. Irían a por ella. Antes o después la sacarían de allí o, más tarde, de la enfermería de La Santé.

Estaba espléndida. Le temblaban las aletas de la nariz. Sus labios carnosos esbozaban una mueca indefinible. Ni ella ni sus hombres eran de la misma raza de los que la rodeaban. Ellos habían escogido, de una vez y para siempre, vivir al margen. Eran fieras salvajes, y los balidos de los corderos no producían ninguna vibración en sus cuerdas sensibles.

¿Dónde, en qué bajos fondos, en qué atmósfera de miseria se habría formado aquella pandilla? Todos ellos habían pasado hambre. Tanto era así que, una vez dado el golpe, solo pensaban en comer, en comer todo el día, comer y beber, dormir, amar, volver a comer, sin preocuparse del ambiente miserable de la calle du Roi-de-Sicile, ni de sus ropas tan ajadas que parecían harapos.

No mataban por el dinero. El dinero no era para ellos más que el medio de comer y de dormir en paz en su rincón, en su guarida, indiferentes al resto de la humanidad.

Ella ni siquiera era coqueta. La ropa encontrada en la habitación era barata, como la habría llevado en su pueblo. No se ponía ni maquillaje ni pintalabios. Su ropa interior no era fina. Todos ellos, en otra época o en otras latitudes, habrían podido vivir completamente desnudos en un bosque o en la jungla.

—Dígale que volveré, que le pido que lo piense. Ahora tiene un hijo.

Maigret bajó la voz involuntariamente al pronunciar las últimas palabras.

—Ya la dejamos —le dijo a la enfermera—. Le enviaré enseguida a otro inspector. Llamaré al doctor Boucard. Es el que está a su cargo, ¿verdad?

—Es el jefe del servicio.

—Si se la puede transportar, esta noche o mañana por la mañana seguramente la trasladarán a la cárcel.

A pesar de lo que le habían revelado de su paciente, la enfermera seguía mirándolo con rencor.

—Hasta la vista, señorita. Vamos, señor.

En el pasillo le dijo unas palabras a Lucas, que no estaba al corriente de nada. La enfermera que los había acompañado hasta la planta baja los esperaba un poco más lejos. Delante de una puerta había cinco o seis jarrones llenos de flores frescas.

—¿Para quién son? —preguntó.

La enfermera era joven y rubia, y se la notaba rellenita bajo la blusa.

—No son para nadie. La dama que ocupaba esta habitación se ha marchado a su casa hace unos minutos. Ha dejado las flores. Tenía muchos amigos.

Maigret le dijo algo en voz baja. Ella asintió. Parecía sorprendida. Pero más lo habría estado el checo si hubiera adivinado lo que acababa de hacer Maigret.

Había dicho simplemente, un poco avergonzado:

—Ponga usted algunas en la doscientos diecisiete.

Porque la habitación estaba desnuda y fría, y porque allí había, al fin y al cabo, una mujer y un nuevo hombrecito.

Eran las once y media. A lo largo de los pasillos mal iluminados, en que se alineaban las puertas de los juzgados de instrucción, algunos hombres, esposados, sin corbata, flanqueados de gendarmes, esperaban su turno sentados en los bancos sin respaldo. También había mujeres y testigos que se impacientaban.

El juez Coméliau, más serio que nunca y con gesto preocupado, había mandado que trajeran sillas del despacho de su colega y había enviado a su escribano a comer.

A petición de Maigret, estaba presente el director de la policía judicial, sentado en un sillón, mientras que en la silla reservada generalmente para las personas a las que se interroga estaba el comisario Colombani, de Seguridad Nacional.

Como la policía judicial solo se ocupa, en principio, de París y de la región parisiense, era él quien, desde hacía cinco meses, en contacto con las brigadas móviles, dirigía la investigación de los «Asesinos de Picardía», que era como habían bautizado los periodistas a la banda a raíz del primer crimen.

Por la mañana temprano, había mantenido una entrevista con Maigret y le había confiado su informe.

Temprano también, un poco antes de las nueve, uno de los inspectores apostados en la calle du Roi-de-Sicile había llamado a la puerta del comisario.

—Está aquí —había anunciado.

Se trataba del dueño del hotel Lion d'Or. Aquella noche, o más bien aquella mañana, lo había consultado con la almohada y había tomado una decisión. Macilento, sin afeitar, con el traje arrugado, se había dirigido al inspector de guardia ante de la casa.

—Quiero ir al Quai des Orfèvres —le había dicho.

—Vaya.

—Tengo miedo.

—Le acompaño.

¿Acaso no habían matado a Victor en plena calle, entre la gente?

—Preferiría que tomáramos un taxi. Yo pago.

Cuando entró en el despacho, Maigret tenía ante sí su expediente, pues el hombre contaba con tres condenas en su ficha.

—¿Tienes las fechas?

—Sí, lo he pensado mejor. Ya veremos lo que pasa... Pero puesto que usted me ha prometido protección...

Apestaba a sucio y a enfermo. Todo su ser hacía pensar en alguna enfermedad venérea. Aquel sujeto había sido detenido dos veces por atentados contra el pudor.

—La primera vez que se ausentaron no me fijé mucho, pero la segunda me llamó la atención.

—¿La segunda? O sea, el veintiuno de noviembre...

—¿Cómo lo sabe?

—Porque yo también he estado pensando, y he leído los periódicos.

—Pensé que quizás habían sido ellos, pero disimulé.

—Pero ellos lo adivinaron de todas formas, ¿no?

—No lo sé. Me dieron un billete de mil.

—Ayer dijiste quinientos.

—Me equivoqué. La siguiente vez fue cuando Carl me amenazó al volver.

—¿Iban en coche?

—No lo sé. Al menos de casa salían a pie.

—Y las visitas del otro, de ese al que no conocías, ¿tuvieron lugar unos días antes?

—Ahora que he estado pensando, me parece que sí.

—¿Se acostaba también con Maria?

—No.

—Ahora vas a confesarme buenamente otra cosa. Acuérdate de tus dos primeras condenas.

—Yo era joven.

—Eso es aún más repugnante. Creo que te conozco, así que la tal Maria debía de excitarte.

—Jamás la toqué.

—¡Estaría bueno! Tenías miedo de los otros.

—Y de ella también.

—¡Vaya! Esta vez por lo menos eres franco. Pero no te contentabas con abrir su puerta de vez en cuando. ¡Confiésalo!

—Hice un agujerito en la pared, es verdad. Procuraba que la habitación contigua estuviera ocupada lo menos posible.

—¿Quién se acostaba con ella?

—Todos.

—¿Incluido el crío?

—Sobre todo el crío.

—Ayer me dijiste que seguramente era su hermano.

—Porque se le parece. Es el que estaba más enamorado. Lo vi llorar muchas veces. Cuando estaba solo con ella, le suplicaba.

—¿Sobre qué?

—No lo sé. No hablaban francés. Cuando era otro el que estaba en la habitación, a veces el crío no podía soportarlo y bajaba a emborracharse a una tabernita que hay en la calle des Rosiers.

—¿Discutían?

—Los hombres no se tenían mucha estima.

—¿No sabes de quién era la camisa con manchas de sangre que viste lavar en la palangana?

—No estoy seguro. Se la vi puesta a Victor, pero a veces se intercambiaban la ropa.

—En tu opinión, ¿quién de ellos era el jefe?

—No había jefe. Cuando tenían bronca, Maria daba unas voces y se callaban.

El dueño de la pensión regresó a su tugurio, siempre acompañado por un inspector, al que se pegaba en la calle, presa del miedo, con la piel húmeda por un sudor de angustia. Debía de oler aún peor que de costumbre, pues el miedo huele mal.

El juez Coméliau, con su cuello almidonado, su corbata negra y su traje impecable, miraba a Maigret, que se había sentado en el borde de la ventana, de espaldas al patio.

—La mujer no ha dicho nada y no hablará —dijo el comisario dando pequeñas chupadas a su pipa—. Desde ayer por la noche tenemos tres fieras sueltas por París: Serge

Madok, Carl y el pequeño Pietr, que, a pesar de su edad, no debe de tener un alma de monaguillo. Eso sin contar al que iba a visitarlos y que seguramente es el jefe de todos.

—Supongo —lo interrumpió el juez— que habrá hecho usted lo necesario.

Le habría gustado poder coger en falta a Maigret. Este había averiguado demasiado en muy poco tiempo, como jugando. Con aire de encargarse solamente de su muerto, del pequeño Albert, había desenmascarado a una banda a la que la policía investigaba sin éxito desde hacía cinco meses.

—Han avisado a las estaciones de tren, esté tranquilo. Eso no servirá de nada, pero es la rutina. Se vigilan las carreteras, la frontera. Siempre la rutina. Muchas circulares, telegramas, llamadas telefónicas, millares de personas en movimiento, pero...

—Es indispensable.

—Por eso se ha hecho. Se están vigilando también las pensiones, sobre todo las del tipo del Lion d'Or. Esa gente tiene que dormir en alguna parte.

—Un director de un periódico, amigo mío, me ha llamado hace un momento para quejarse de usted. Parece que se niega usted a informar a los reporteros.

—Es verdad. Me parece que es inútil alarmar a la población parisiense anunciándole que varios asesinos acosados andan sueltos por las calles de la ciudad.

—Soy de la opinión de Maigret —lo apoyó el director de la policía judicial.

—No estoy criticando, señores. Intento formarme una opinión. Ustedes tienen sus métodos. El comisario Maigret, en particular, tiene los suyos, que a veces son bastante especiales. No parece nunca tener prisa en ponerme al corriente, aunque, a fin de cuentas, yo soy el único responsable. El procurador, a petición mía, acaba de unir el caso de la banda de Picardía con el del pequeño Albert. Me gustaría poner fin pronto al asunto.

—Sabemos ya —recitó Maigret con voz voluntariamente monótona— cómo han sido elegidas las víctimas.

—¿Ha recibido usted informes del Norte?

—No han sido necesarios. En las dos habitaciones de la calle du Roi-de-Sicile, Moers ha encontrado numerosas huellas digitales. Aunque estos señores, cuando trabajaban en las granjas, llevaban guantes de goma y no dejaban ninguna huella, aunque los asesinos del pequeño Albert se pusieron también guantes, los huéspedes del Lion d'Or vivían en su casa con las manos desnudas. En el servicio de fichas han reconocido las huellas de uno de ellos.

—¿De cuál?

—De Carl. Su nombre es Carl Lipschitz. Nacido en Bohemia, entró en Francia legalmente hace cinco años, con un pasaporte perfectamente en regla. Formaba parte de un grupo de trabajadores agrícolas que se dirigía a las grandes granjas de Picardía y del Artois.

—¿Por qué figura su ficha en los archivos?

—Hace dos años fue acusado del asesinato y la violación de una muchacha de Saint-Aubin. Por aquel entonces trabajaba en una granja del pueblo. Lo detuvieron a raíz de los rumores públicos y lo pusieron en libertad un mes más tarde por falta de pruebas. Después se le perdió el rastro. Sin duda vino a París. Se investigará en las grandes fábricas del extrarradio, y no me extrañaría que hubiera trabajado también en la de Citroën. Un inspector está ya ocupándose de ello.

—Eso nos proporciona un solo identificado.

—No es mucho, pero, como verá, está en la base de todo el asunto. Colombani ha tenido la amabilidad de confiarme su expediente, que he examinado con atención. Aquí hay un mapa que ha trazado con mucho ingenio. También leo en uno de estos informes que en los pueblos en los que fueron cometidos los crímenes no *residía* ningún checo. Como por allí había algunos polacos, alguien habló de una banda de polacos y los culpó de las matanzas de granjeros.

—¿Adónde quiere ir a parar?

—Cuando el grupo al que pertenecía Carl llegó a Francia, los hombres se dispersaron. En esa época solo lo encontramos a él en la región situada un poco al sur de Amiens. Allí fue donde se cometieron los tres primeros crímenes, siempre en granjas ricas y aisladas, y siempre en casas de ancianos.

—¿Y los dos últimos?

—Un poco más al este, hacia Saint-Quentin. Seguramente llegaremos a saber que Carl tuvo alguna novia o un amigo en aquellos parajes. Podía ir allí en bicicleta. Tres años más tarde, cuando se formó la banda...

—¿Dónde cree usted que se formó?

—No lo sé, pero ya verá usted como volvemos a encontrar a los personajes por los alrededores del Quai de Javel. Victor Poliensky trabajaba todavía en la Citroën unas semanas antes del primer golpe.

—Usted ha mencionado a un jefe...

—Permítame que acabe primero de exponer mi idea. Antes de la muerte del pequeño Albert, o más bien antes del descubrimiento de su cadáver en la plaza de la Concorde (insisto sobre esta diferencia, y ya verá por qué), la banda, que había cometido ya su cuarta matanza, disfrutaba de una seguridad completa. Nadie conocía la descripción de sus miembros. Nuestro único testigo era una niña que había visto a una mujer torturar a su madre. En cuanto a los hombres, apenas los vio, y todos llevaban antifaces negros.

—¿Ha encontrado esos antifaces en la calle du Roi-de-Sicile?

—No. La banda, por tanto, estaba segura —dijo Maigret—. Nadie habría pensado en ir a buscar a los asesinos de Picardía a un tugurio del gueto de París. ¿No es así, Colombani?

—Exactamente.

—De pronto, el pequeño Albert se sintió amenazado por los hombres que lo seguían (no olvide que en sus llamadas telefónicas dijo que eran varios, que se relevaban). Al pequeño Albert, decía, lo mataron de una puñalada en su propio figón después de haberme llamado para que lo protegiese. Su intención era la de venir a verme. Por tanto, tenía revelaciones que hacerme, y los otros lo sabían. Y surge una pregunta: ¿por qué se tomaron la molestia de transportar su cadáver a la plaza de la Concorde?

Todos lo miraban en silencio, tratando de encontrar en vano una solución a aquella pregunta que Maigret se había hecho a sí mismo tantas veces.

—Continúo haciendo referencia al informe de Colombani, que es de una precisión extraordinaria. Para cada una de las matanzas, la banda se sirvió de coches, con preferencia de camionetas robadas. Casi todas las encontraron en la vía pública, en los alrededores de la plaza de Clichy o, en general, en el distrito dieciocho, y por eso fue a ese sector adonde se centraron las investigaciones. En el mismo barrio, aunque más hacia el exterior de la ciudad, se encontraban los coches al día siguiente.

—Y de ello deduce usted...

—Que la banda no posee automóvil. Un automóvil hay que guardarlo en algún sitio, y eso deja rastros.

—Pero el coche amarillo...

—*El coche amarillo no fue robado.* Si hubiese sido robado, lo sabríamos, porque el dueño habría presentado la denuncia, sobre todo porque es un coche casi nuevo.

—Comprendo —murmuró el director, mientras el juez Coméliau, que no comprendía, fruncía el entrecejo molesto.

—Se me debería haber ocurrido antes. Lo pensé por un instante, pero lo rechacé porque me parecía demasiado complicado, y yo siempre digo que la verdad es sencilla. *No fueron los asesinos del pequeño Albert quienes depositaron su cadáver en la plaza de la Concorde.*

—¿Quién fue entonces?

—No lo sé, pero pronto lo sabremos.

—¿Cómo?

—He pedido que pongan cierto anuncio en los periódicos. Recuerde que Albert, hacia las cinco de la tarde, cuando comprendió que era imposible que lo ayudáramos, efectuó una llamada telefónica que no iba dirigida a nosotros.

—¿Cree que pidió socorro a algún amigo?

—Quizá. Se dio cita con alguien. Pero ese alguien no llegó a la hora.

—¿Cómo lo sabe?

—Olvida usted que el coche amarillo tuvo una avería en el Quai Henri-IV, una avería que llevó bastante tiempo arreglar.

—¿De manera que los dos hombres que iban en el coche llegaron demasiado tarde?

—Exactamente.

—¡Un momento! Yo tengo también el informe a la vista. Según la cartomántica, el coche se paró frente al Petit Albert aproximadamente entre las ocho y media y las nueve. Sin embargo, el cuerpo no lo depositaron en la acera de la plaza de la Concorde hasta la una de la mañana.

—Quizá volvieron, señor juez.

—¿Para buscar a la víctima de un crimen que no habían cometido y depositarla en otro sitio?

—Es posible. Yo no estoy explicando. Estoy constatando.

—Y durante ese tiempo, la mujer de Albert...

—Suponga que, precisamente, fueron a llevarla a un lugar seguro.

—¿Y por qué no la mataron junto a su marido, ya que ella también debió de ver a los asesinos?

—¿Y por qué no pudo haber salido? Algunos hombres, cuando tienen que tratar un asunto serio, alejan a su mujer.

—¿Y no le parece, señor comisario, que todo esto nos desvía de los criminales que, como usted dice, andan sueltos en estos momentos por París?

—¿Qué es lo que nos puso sobre su pista, señor juez?

—Evidentemente, el cadáver de la plaza de la Concorde.

—¿Y por qué no iba a llevarnos una vez más allí? Mire, yo creo que cuando lo hayamos comprendido, no será difícil echarle el guante a la banda. Solo hace falta comprenderlo.

—¿Supone usted que mataron a ese antiguo camarero porque sabía demasiado?

—Es probable. Y quiero saber por qué lo sabía. Cuando lo haya descubierto, sabré también *qué es lo que sabía*.

El director de la policía judicial asentía, sonriendo, pues percibía el antagonismo entre los dos hombres. En cuanto a Colombani, le habría gustado tomar la palabra a su vez.

—Quizá se trate del tren... —insinuó.

Conocía su informe a fondo, y Maigret lo animó a seguir.

—¿A qué tren se refiere usted? —preguntó Coméliau.

Colombani habló mientras su colega le daba ánimos con la mirada:

—Tenemos, desde el último asunto, un ligero indicio que hemos evitado hacer público para que la banda no se pusiera en guardia. ¿Quiere usted examinar el plano número cinco que se adjunta con el informe? El ataque del diecinueve de enero se cometió en casa de los esposos Rival, muertos los dos, por desgracia, así como un criado y una criada. Su granja se llama Les Nonettes, sin duda porque se construyó sobre las ruinas de un antiguo convento, y está a unos cinco kilómetros del pueblo. Este pueblo, Goderville, tiene una estación de tren en la que paran los trenes ómnibus. Está en la línea París-Bruselas. No hace falta decir que los viajeros que llegan de París son escasos, pues el tren para en todas las estaciones, por lo que el trayecto dura varias horas. Ahora bien, el diecinueve de enero, a las ocho y diecisiete de la noche, se apeó un hombre del tren provisto de un billete de ida y vuelta París-Goderville.

—¿Tenemos su descripción?

—Vagamente. Era un hombre todavía joven, bien vestido.

El juez quería descubrir alguna cosa a su vez.

—¿Con acento extranjero?

—No habló. Atravesó el pueblo en dirección a la carretera general y no se lo volvió a ver. Sin embargo, al día siguiente por la mañana, a las seis y pocos minutos, tomaba de nuevo el tren de París en otra pequeña estación, Moucher, situada a veintiún kilómetros al sur. No se subió en ningún taxi. Ningún campesino lo llevó en su coche. Es difícil imaginar que se pasara la noche caminando por gusto. Debió de pasar inevitablemente por las proximidades de Les Nonettes.

Maigret cerró los ojos, vencido por una fatiga a la que solo se resistía con gran esfuerzo. A veces, aun estando en pie, se quedaba medio dormido y se le apagaba la pipa.

—Cuando obtuvimos esta información —prosiguió Colombani—, mandamos buscar el billete a la Compañía de Ferrocarriles del Norte. Todos los billetes que se recogen a la llegada de los trenes se conservan algún tiempo.

—¿Y no lo han encontrado?

—No lo presentaron en la estación del Norte. Dicho de otra manera, el viajero bajó del tren por el lado opuesto al andén o bien se mezcló entre el gentío en cualquier estación del extrarradio y pudo así salir sin ser visto, lo que no es difícil.

—¿De eso quería usted hablar, señor Maigret?

—Sí, señor juez.

—¿Para llegar a qué conclusión?

—No lo sé. El pequeño Albert pudo ir en el mismo tren. O quizás estaba en la estación… —Pero negó con la cabeza, y añadió—: No. Habrían empezado a perseguirlo antes.

—¿Y entonces?

—Nada. Por otra parte, Albert estaba en posesión de una prueba material, puesto que se tomaron el trabajo de registrar su casa a fondo después de asesinarlo. Es complicado. Y Victor volvió a rondar la taberna...

—Sin duda no habían encontrado lo que buscaban...

—Pero en ese caso no habrían enviado al idiota... Juraría que Victor fue por su cuenta, sin que lo supieran los otros. La prueba es que lo mataron fríamente cuando supieron que la policía le pisaba los talones y que podía hacer que los detuvieran a todos. Perdone, jefe, pero me caigo de cansancio. —Se volvió hacia Colombani—. ¿Te veo hacia las cinco?

—Como quieras.

Maigret parecía tan débil, tan cansado, tan vacilante, que el juez Coméliau sintió remordimientos, y murmuró:

—Por lo menos ha obtenido usted estupendos resultados. —Luego, cuando Maigret hubo salido, dijo—: Ya no tiene edad para pasarse las noches sin dormir. ¿Por qué querrá hacerlo todo él solo?

Se habría quedado de una pieza si hubiera visto que Maigret, al subir al taxi, dudó sobre qué dirección dar y por fin dijo:

—Al Quai de Charenton. Yo le aviso.

Aquella visita de Victor al Petit Albert lo incordiaba. Durante el trayecto, volvía a ver al enorme muchacho pelirrojo caminando con paso felino y a Lucas siguiéndole los pasos.

—¿Qué quiere tomar, jefe?

—Lo que quieras.

Chevrier había encajado por fin en su oficio, y su mujer debía de guisar bien, pues había más de veinte personas en la sala.

—Voy a subir. ¿Quieres enviarme a Irma?

Ella lo siguió escaleras arriba secándose las manos con el delantal. Maigret miró en torno a la habitación, que tenía las ventanas abiertas de par en par y olía a limpio.

—¿Dónde has puesto los objetos que había por todas partes?

Había hecho el inventario con Moers, pero ahora buscaba algo que los asesinos pudieran haberse dejado. Se hacía una pregunta aún más exacta: ¿qué era lo que Victor había querido ir a buscar en persona?

—Lo he metido todo en el cajón de arriba de la cómoda.

Peines, una caja con horquillas para el pelo, conchas con el nombre de una playa de Normandía, un abrecartas publicitario, un portaminas que no funcionaba, pequeñas cosas de esas que hay en todas las casas.

—¿Está todo ahí dentro?

—Incluso lo que queda de una cajetilla de tabaco y una vieja pipa rota. ¿Vamos a estar aún mucho tiempo aquí?

—No lo sé, muchacha. ¿Te aburres?

—¡Oh, no! Pero es que hay clientes que se toman mucha confianza y mi marido empieza a impacientarse. De ahí a que les parta la cara...

Maigret seguía registrando el cajón. Cogió una pequeña armónica de marca alemana, muy usada, y se la metió en el bolsillo, para gran sorpresa de Irma.

—¿Eso es todo? —preguntó.

—Eso es todo.

Unos minutos más tarde llamó desde abajo al señor Loiseau, a quien Maigret sorprendió con su pregunta:

—Dígame, señor, ¿Albert tocaba la armónica?

—Que yo sepa, no. Cantaba, pero nunca oí decir que tocase ningún instrumento.

Maigret recordaba la armónica que se había encontrado en la calle du Roi-de-Sicile. Un momento después, llamó al dueño del Lion d'Or.

—¿Tocaba Victor la armónica?

—¡Ya lo creo! Tocaba incluso cuando iba caminando por la calle.

—¿Tocaba él solo?

—También Serge Madok.

—¿Cada uno tenía la suya?

—Eso creo. Sí. No hay duda, porque a veces hacían dúos.

Pero cuando registraron la habitación del Lion d'Or solo habían encontrado una armónica...

Lo que el tonto de Victor había ido a buscar al Quai de Charenton sin que lo supieran sus cómplices, y por lo cual había muerto, era su armónica.

8

Lo que ocurrió aquella tarde iría a añadirse a todas las historias que la señora Maigret contaba sonriente durante las reuniones familiares.

Que Maigret volviera casa a las dos y se acostara sin querer comer no era demasiado extraordinario, aunque su primera preocupación cuando llegaba, a la hora que fuese, era ir a la cocina y levantar las tapaderas de las cacerolas. Bien es verdad que dijo que había comido. Luego, un poco más tarde, cuando ella le insistía mientras él se desnudaba, confesó que había birlado una loncha de jamón en la cocina del Quai de Charenton. La señora Maigret corrió las cortinas, se aseguró de que su marido no necesitaba nada más y salió de puntillas. Antes de cerrar la puerta, este ya dormía profundamente. Cuando la señora Maigret terminó de fregar y ordenó la cocina, se quedó dudando un momento acerca de si entrar en la habitación para coger la labor de punto que se había dejado olvidada. Primero escuchó a través de la puerta, oyó una respiración regular, giró el picaporte con precaución y avanzó de puntillas, sin hacer más ruido que una monja. Fue en ese momento cuando, sin dejar de respirar como un hombre dormido, Maigret dijo, con la voz un poco pastosa:

—¡Fíjate! Dos millones y medio en cinco meses...

Tenía los ojos cerrados y la tez colorada. Ella creyó que hablaba en sueños y se quedó inmóvil para no despertarlo.

—¿Cuánto tardarías tú en gastar todo eso?

No se atrevió a contestar, persuadida de que él soñaba; pero su marido, sin mover ni un párpado, preguntó, impaciente:

—Contesta, señora Maigret...

—Pues no lo sé —susurró ella—. ¿Cuánto has dicho?

—Dos millones y medio. Seguramente mucho más. Es lo mínimo que sacaron en las granjas, y buena parte en monedas de oro. Y luego están los caballos, claro...

Se volvió despacio y entreabrió un ojo para mirar a su mujer.

—Siempre terminamos en las carreras, ¿comprendes?

Su mujer sabía que no hablaba para ella. Se quedó esperando a que se durmiera de nuevo para retirarse igual que había llegado, sin su labor de punto. Maigret guardó silencio unos instantes y ella pensó que se había vuelto a dormir.

—Escucha, señora Maigret. Hay un detalle que me gustaría saber enseguida. ¿Dónde hubo carreras el martes pasado? Me refiero a la región de París. Llama por teléfono.

—¿A quién quieres que llame?

—A la Mutua Urbana de Apuestas. Encontrarás el número en la guía.

El teléfono estaba en el comedor, y el cable era demasiado corto para que llegara hasta el dormitorio. La señora Maigret no era muy amiga de ponerse ante el disco de metal, sobre todo cuando tenía que hablar con alguien que no conocía.

—¿Digo que es de tu parte? —preguntó con resignación.

—Si quieres...

—¿Y si me preguntan quién soy?

—No te lo van a preguntar.

Ya tenía los dos ojos abiertos. Estaba despierto por completo. Su mujer pasó a la habitación contigua y dejó la puerta abierta mientras telefoneaba. Fue muy breve. No había duda de que el empleado que le contestó estaba acostumbrado a tales preguntas y debía de saberse de memoria el calendario de las carreras, pues le dio la información sin vacilar.

Sin embargo, cuando la señora Maigret volvió al dormitorio para repetirle a Maigret lo que acababan de decirle, lo encontró profundamente dormido, con una respiración tan ruidosa que parecía estar roncando.

Dudó sobre si despertarlo, pero decidió que más valía permitirle descansar. Dejó adrede la puerta entreabierta, y de cuando en cuando miraba la hora con sorpresa, pues las siestas de su marido rara vez eran largas.

A las cuatro se fue a la cocina a poner la sopa al fuego. A las cuatro y media echó un vistazo a la alcoba, y su marido seguía durmiendo; debía de estar soñando que reflexionaba, pues tenía el ceño fruncido, la frente surcada de arrugas y una mueca rara en los labios.

Un poco más tarde, cuando volvió a sentarse en su sitio en el comedor, oyó una voz que preguntaba con impaciencia:

—¿Qué hay de esa llamada?

Fue corriendo y, extrañada, lo vio sentado en la cama.

—¿Está ocupada la línea? —preguntó Maigret con toda seriedad.

Esto produjo un curioso efecto en la señora Maigret, que casi tuvo miedo de que su marido estuviera delirando.

—Pues claro que he llamado. Pero hace por lo menos tres horas de eso.

Él la miró, incrédulo.

—¿Qué me dices? Entonces ¿qué hora es?

—Las cinco menos cuarto.

Ni siquiera se había dado cuenta de haberse dormido. Creía que había cerrado los ojos lo que duraba la llamada.

—¿Dónde fue la carrera?

—En Vincennes.

—¡Eso es lo que había dicho yo! —exclamó, triunfante.

No se lo había dicho a nadie, pero había pensado suficientemente en ello para que fuera así.

—Llama a la calle des Saussaies cero cero, noventa. Pide que te pongan con la oficina de Colombani.

—¿Qué tengo que decirle?

—Nada. Yo hablaré con él, si es que no se ha ido ya.

Colombani estaba todavía en su despacho. Tenía por costumbre llegar tarde a las citas. Se mostró muy amable y le pareció muy bien ir a casa de su colega en vez de encontrarse con él en la policía judicial.

La señora Maigret le había preparado, a petición suya, una taza de café muy fuerte, pero no bastó para despejarlo por completo. Tenía tanto sueño atrasado que sus párpados estaban rojos y los ojos le picaban. Le parecía que tenía la piel tirante. No tenía ganas de vestirse, así que se puso un pantalón, las pantuflas y, sobre el pijama, una bata con cruces rojas en el cuello.

Allí estaban bien, sentados en el comedor, uno frente a otro, con la botella de calvados entre los dos y, enfrente, en el muro blanco del otro lado del bulevar, los nombres en letras negras de Lhoste y Pépin.

Se conocían desde hacía tanto tiempo que no observaban protocolos. Colombani, que era de pequeña talla, como todos los corsos, llevaba siempre zapatos con un tacón bastante alto, corbatas de colores vivos y, en el anular, una sortija con un diamante, verdadero o falso. Por eso, a veces lo tomaban por uno de los que él buscaba en vez de por un policía.

—He enviado a Janvier a los hipódromos —estaba diciendo Maigret mientras fumaba su pipa—. ¿Dónde hay carreras hoy?

—En Vincennes.

—Como el martes pasado. Me pregunto si no empezarían en Vincennes las aventuras del pequeño Albert. Ya se llevó a cabo una primera investigación en los hipódromos, pero sin resultados apreciables. En aquel momento no nos preocupaba el antiguo camarero. Hoy es diferente. Hoy se trata de preguntar en todas las taquillas, sobre todo en las taquillas caras, las de quinientos o mil francos, si tienen por cliente regular a un hombre todavía joven, de acento extranjero.

—Quizás los inspectores de las carreras hayan reparado en él.

—Además, supongo que no irá solo. Dos millones y medio, en cinco meses, en mucho dinero.

—Y debe de ser más que eso —afirmó Colombani—. En mi informe únicamente he citado las cantidades seguras. Esas sumas son solo lo que la banda robó con certeza. Los granjeros asesinados es probable que tuvieran otras cantidades escondidas, y, mediante torturas, les arrancarían el secreto. Creo que el total será de cuatro millones, y no me extrañaría que fuera más.

¿Qué sería lo que podían comprar los piojosos de la calle du Roi-de-Sicile? Ropa no. No salían. Se contentaban con comer y beber. Para comerse y beberse un millón, por no hablar de cinco, hace falta bastante tiempo.

No obstante, las expediciones se sucedían con rapidez.

—El jefe debía de reservarse la mayor parte.

—Me pregunto por qué los otros lo consentían.

Maigret tenía muchas preguntas más que hacerse, hasta el punto de que, en determinados momentos, solo pensaba en ellas y, mientras se pasaba la mano por la frente, se abstraía mirando cualquier cosa, por ejemplo el geranio de la ventana.

Y, por mucho que se esforzara, incluso allí, en su casa, seguía por completo sumido en su investigación, pendiente de todo lo que pasaba en aquel momento en París y en sus alrededores.

Todavía no había ordenado que trasladaran a Maria a la enfermería de La Santé. Se las había arreglado para que los periódicos publicaran por la tarde el nombre del hospital en el que se encontraba.

—Supongo que habrás puesto algunos inspectores...

—Hay cuatro, aparte de los guardias. El hospital tiene varias salidas. Y hoy es día de visita.

—¿Crees que intentarán algo?

—No lo sé. Están rabiosos, y no me extrañaría que hubiera por lo menos uno que se jugara el todo por el todo. Sin contar con que cada uno de ellos se cree el padre, ¿comprendes? De ahí a querer verlos, a ella y al niño... Es un juego peligroso. No tanto por mí como por los otros.

—No comprendo.

—Han matado a Victor Poliensky, ¿verdad? ¿Por qué? Porque estuvo a punto de hacer que los descubrieran. Si otro de ellos estuviera a punto de caer en nuestras garras, me extrañaría que lo dejaran vivo.

Maigret chupaba su pipa, soñador. Colombani, mientras encendía un cigarrillo de boquilla dorada, dijo:

—Ante todo deben intentar reunirse con el jefe, sobre todo si el dinero se va acabando.

Maigret había estado mirándolo plácidamente, pero de pronto su mirada se volvió dura. Se levantó, dio un puñetazo en la mesa y gritó:

—¡Idiota! ¡Más que idiota! ¿Cómo es posible que no haya pensado en eso?

—Pero si no sabes dónde vive...

—¡Exactamente! Y juraría que ellos tampoco lo saben. El tipo que ha montado este negocio y que da órdenes a esos bestias habrá tomado precauciones. ¿Qué me dijo el hotelero? Que *iba a darles instrucciones a la calle du Roi-de-Sicile antes de cada expedición.* ¡En fin! ¿Empiezas ya a comprender?

—No del todo.

—¿Qué es lo que sabemos y qué es lo que suponemos de él? Lo buscamos en los hipódromos. ¿Y crees que ellos son más tontos que nosotros? ¡Tienes muchísima razón! En estos momentos deben de estar intentando reunirse con él por todos los medios. Quizá para reclamar dinero. O al menos para ponerlo al corriente y pedirle consejos o instrucciones. No creo que ninguno haya dormido la noche pasada en una cama. ¿Adónde te parece que habrán ido?

—¿A Vincennes?

—Es lo más seguro. Si no se han separado, habrán enviado por lo menos a uno de ellos. Si se han separado sin darse ninguna consigna, no me extrañaría encontrarnos allí con los tres. Tenemos una buena ocasión de echarles el guante, incluso sin conocerlos. Entre la gente resulta fácil descubrir a individuos de esa clase. ¡Y pensar que Janvier está allí y no le he dado instrucciones en ese sentido! Con una treintena de inspectores en la pista y en el pesaje, y ya los tenemos del cuello... ¿Qué hora es?

—Demasiado tarde. La sexta carrera ha terminado hace media hora.

—¿Ves? Uno cree que piensa en todo. Cuando me acosté a las dos estaba persuadido de que había hecho todo lo que podía. Hay hombres estudiando las nóminas de la Citroën y registran el barrio de Javel. Tenemos cercado el hospital Laennec. Cribamos todos los barrios donde pueda refugiarse gente como nuestros checos. Interrogamos a los vagabundos, a los mendigos. Registramos las pensiones. Moers, allá arriba, analiza en su laboratorio hasta el menor pelo encontrado en la calle du Roi-de-Sicile. Y en ese tiempo, nuestros matones han tenido oportunidad para ponerse de acuerdo en Vincennes con su jefe.

Colombani debía de ser un habitual de las carreras, pues no se había equivocado mucho. Sonó el teléfono. Era la voz de Janvier.

—Todavía estoy en Vincennes, jefe. He estado intentando llamarle al Quai des Orfèvres.

—¿Han acabado las carreras?

—Hace media hora. Me he quedado con los empleados. Es difícil hablar con ellos durante las carreras, porque tienen un trabajo de mil demonios. Me pregunto cómo no cometen errores. Les he preguntado sobre las apuestas, ¿sabe? Uno que está en una de las ventanillas de mil se sorprendió por mi pregunta enseguida. Es un muchacho que ha viajado por Europa central y que sabe distinguir los idiomas. «¿Un checo?», me ha dicho. «Hay uno que juega asiduamente grandes sumas, casi siempre a los *outsiders*. Pensé que pertenecería a la embajada».

—¿Por qué? —preguntó Maigret.

—Parece que es tipo muy elegante, con categoría, siempre vestido con refinamiento. Pierde regularmente, sin inmutarse, con una leve sonrisa sarcástica. Y si el empleado se acuerda no es por él, sino por la mujer que suele acompañarlo.

Maigret lanzó un suspiro de alivio, y su mirada jovial se posó sobre Colombani, como diciendo: «¡Los tenemos!».

—¡Una mujer, entonces! —exclamó al aparato—. ¿Una extranjera?

—Una parisiense. ¡Escuche! Precisamente por eso no me he ido aún. Si hubiera podido hablar antes con el empleado, me los habría señalado, porque han estado aquí esta tarde.

—¿Y la mujer?

—Es muy joven, muy hermosa y va vestida por los mejores modistas. Pero hay más, jefe. El empleado afirma que es una artista de cine. Él no va mucho al cine y no conoce los nombres de las estrellas, pero cree que no es una primera figura, sino una que hace papeles secundarios. Le he citado inútilmente un montón de nombres.

—¿Qué hora es?

—Las seis menos cuarto.

—Ya que estás en Vincennes, te vas a largar a Joinville. No está lejos. Pídele a ese empleado que te acompañe.

—Dice que está a mi disposición.

—Los estudios de cine están nada más pasar el puente. Generalmente los productores de películas tienen fotografías de todos los artistas, incluso los que hacen pequeños papeles, y se consulta esa colección en el momento de distribuir una nueva película. ¿Comprendes?

—Comprendo. ¿Adónde le puedo llamar?

—A mi casa.

Cuando volvió a sentarse en su sillón, Maigret estaba relajado.

—Quizás esto empiece a funcionar.

—Eso en caso de que sea nuestro checo, naturalmente.

Maigret llenó de nuevo las copitas de borde dorado, vació la pipa y se preparó otra.

—Me da la impresión de que vamos a tener una noche movidita. ¿Has hecho venir a la chiquilla?

—Está de camino desde las tres. Yo mismo iré a buscarla dentro de un rato a la estación del Norte.

La niña de la granja Manceau, la única que había escapado de milagro a la matanza y que había visto a uno de los asaltantes, a la mujer, Maria, que se hallaba tumbada ahora en una cama del hospital con su bebé al lado.

Nueva llamada. Ahora resultaba angustioso descolgar el aparato.

—Diga...

La mirada de Maigret se fijó otra vez sobre su colega, pero esta vez su expresión era de disgusto. Hablaba con voz apagada. Durante un rato se limitó contestar, a intervalos casi regulares:

—Sí... Sí... Sí...

Colombani intentaba comprender. Le resultaba molesto no entender nada y oír el runrún en el aparato, con algunas palabras más altas que otras.

—¿Dentro de diez minutos? Sí. Exactamente como he prometido.

¿Por qué parecía ahora que Maigret se contenía? Había cambiado de actitud. Un niño que esperase a los Reyes Magos no estaría más impaciente, pero se esforzaba por aparentar tranquilidad y adoptaba una expresión bonachona.

Cuando colgó, sin decirle nada a Colombani, abrió la puerta que comunicaba con la cocina.

—Viene tu tía con su marido —anunció.

—¿Cómo? ¿Qué me dices? Pero...

Maigret le estaba guiñando el ojo, pero fue en vano.

—Pues sí. También me extraña a mí. Debe de ocurrir algo grave, algo imprevisto. Quiere hablar con nosotros inmediatamente.

Seguía asomado a la puerta para hacerle nuevas muecas a su mujer, que continuaba sin comprender.

—Desde luego, es raro. Espero que no sea nada malo...

—A menos que sea algo de la herencia...

—¿Qué herencia?

—La de tu tío.

Cuando volvió con Colombani, este sonreía.

—Perdona, amigo. La tía de mi mujer va a llegar de un momento a otro. Tengo el tiempo justo para vestirme. No es que te eche, pero comprenderás...

El comisario de la Dirección General de Seguridad apuró su vaso de un trago y se limpió la boca.

—No faltaría más. Ya sé lo que es eso. ¿Me llamarás si hay algo nuevo?

—Te lo prometo.

—Tengo la impresión de que me llamarás enseguida. No sé qué hacer, si volver a la calle des Saussaies... No. Si no te molesta, voy a dar una vuelta por el Quai des Orfèvres.

—Muy bien. Hasta luego.

Maigret lo empujaba hacia la puerta. Luego, al cerrar, corrió hacia la ventana y miró fuera. A la izquierda, más lejos de Lhoste y Pépin, había un comercio de vinos y carbón y una tienda de pan auvernés pintada de amarillo cuya puerta, flanqueada por una planta verde, podía divisar.

—¿Era mentira? —preguntó la señora Maigret.

—Pues claro. No quiero que Colombani se encuentre con quien va a venir dentro de un momento.

Mientras decía esto, su mano se posó maquinalmente en el borde de la ventana, en el sitio donde hacía un momento estaba sentado Colombani. Palpó papel; era un periódico. Le echó un vistazo y vio que estaba doblado por la página de anuncios, uno de los cuales estaba encuadrado en azul.

—¡Canalla! —refunfuño entre dientes, pues existe una antigua rivalidad entre la Dirección General de Seguridad y la policía judicial, y es un placer para cualquiera de la calle des Saussaies jugarle una mala pasada a un colega del Quai des Orfèvres.

Colombani se había vengado bien de la mentira de Maigret y de la historia de la tía. Había dejado tranquilamente la prueba de que lo sabía todo.

El anuncio, que había aparecido por la mañana en todos los periódicos y por la tarde en los periódicos de carreras, decía, con las abreviaturas clásicas:

Amigos de Albert, indispensable por seguridad ver urgencia Maigret. Domicilio, bul. Richard-Lenoir, 132. Promesa de honor discreción absoluta.

Eran ellos los que acababan de telefonear desde la casa del carbonero de enfrente para asegurarse de que el anuncio no era una broma ni una trampa, para que Maigret reiterara su promesa y, por último, para asegurarse de que el camino estaba libre.

—Te vas a ir a dar una vuelta por el barrio, señora Maigret. Sin prisa. Ponte el sombrero de pluma verde.

—¿Por qué mi sombrero de pluma verde?

—Porque la primavera está al llegar.

Atravesaron la calle con el aire de dos hombres que han tomado una importante resolución, mientras Maigret los observaba desde la ventana, aunque a aquella distancia solo logró reconocer a uno de los dos.

Unos minutos antes no sabía nada de los que iban a presentarse, ni siquiera a qué ambiente pertenecerían. So-

lamente suponía que ellos también frecuentaban los hipódromos.

—Seguro que Colombani está mirando desde alguna
parte —refunfuñó Maigret.

Y Colombani, una vez sobre la pista, era capaz de jugarle una trastada. Cosa bastante corriente entre colegas.

Sobre todo porque Colombani conocía, seguramente
mejor que Maigret, a Jo el Boxeador.

Era de baja estatura, rechoncho, con la nariz partida, los
párpados caídos sobre unos ojos azul claro, y siempre iba
vestido con trajes de cuadros y corbatas chillonas. Se lo podía encontrar a la hora del aperitivo en uno de los bares de
la avenida Wagram.

Maigret lo había tenido por lo menos diez veces en su
despacho, siempre para asuntos diferentes y siempre se había escabullido.

¿Era peligroso de verdad? Por lo menos deseaba parecer-
lo, y adoptaba a menudo aires tremebundos. Llevaba su co-
quetería al punto de querer demostrar que pertenecía a la
clase media, pero la gente de la clase media lo miraba con
desconfianza, cuando no con desprecio.

Maigret fue a abrirles la puerta y colocó nuevos vasos en
la mesa. Se mostraron molestos, con desconfianza a pesar de
todo, echando un vistazo a los rincones, inquietándose por
las puertas cerradas.

—No tengáis miedo, muchachos. No hay ninguna taquí-
grafa escondida ni ningún dictáfono. ¡Mirad! Esta es mi habitación. —Les señaló la cama deshecha—. Aquí, el cuarto
de baño. Aquel es el armario de la ropa. Y esta es la cocina
que la señora Maigret acaba de abandonar en vuestro honor.

¡Qué bien olía la sopa hirviendo! También había un po-
llo rodeado de tocino encima de la mesa.

—¿Esta puerta? Es la última de la casa. La habitación de
los amigos. No está muy aireada. Huele a cerrada, porque
mis amigos no duermen nunca en ella y solo la utiliza mi
cuñada dos o tres noches al año... Y ahora, al grano.

Levantó su vaso para beber con ellos, al tiempo que miraba al compañero de Jo con aire interrogante.

—Es Ferdinand —explicó el antiguo boxeador.

El comisario buscaba en vano en su memoria. Aquella
silueta larga y delgada, aquella cara con una inmensa nariz,
con ojillos vivos de ratón, no le sonaban de nada, y menos
aún que el nombre.

—Tiene un garaje no lejos de la Porte Maillot. Un garaje pequeño, desde luego.

Resultaba raro verlos de pie, dudando acerca de sentarse, no porque estuvieran intimidados, sino por cierta prudencia. Aquella gente prefería estar siempre cerca de una
puerta.

—Parece que quiere usted hablarnos de algún peligro.

—Más bien de dos peligros; primero, que los checos os
buscan, en cuyo caso no doy mucho por vuestra piel.

Jo y Ferdinand se miraron con extrañeza, creyendo haber oído mal.

—¿Qué checos?

Porque en los periódicos no se hablaba nada de los
checos.

—La banda de Picardía.

Esta vez comprendieron y se pusieron de pronto serios.

—Nosotros no les hemos hecho nada.

—Mmm... Ahora hablaremos de eso. Pero sería más fácil hablar si tuvierais la amabilidad de sentaros.

Jo se hizo el valiente y se instaló en un sillón, pero Ferdinand, que no conocía a Maigret, solo se sentó a medias en el borde de una silla.

—Segundo peligro —dijo el comisario, encendiendo su pipa y observándolos—. ¿No os habéis dado cuenta de una cosa hoy?

—Que anda la bofia por todos los sitios. ¡Perdón!

—No me ofendo. No solamente anda la bofia por todos sitios, como dices, sino que la mayor parte de los inspectores van a la caza de un buen número de personas, entre los que se encuentran dos señores que poseen un determinado coche amarillo.

Ferdinand sonrió.

—Supongo que ya no será amarillo y que habrá cambiado de matrícula. ¡Sigamos! Si los inspectores de la policía judicial os hubieran echado el guante los primeros, quizás yo hubiera podido arreglar el asunto. Pero ¿habéis visto al señor que ha salido de aquí hace un momento?

—Colombani —masculló Jo.

—¿Os ha visto?

—Hemos esperado a que estuviera en el autobús.

—Esto significa que la calle des Saussaies anda también a la caza. Y con esa gente no podéis esperar nada bueno del juez Coméliau.

Fue un nombre mágico, pues los dos hombres conocían por lo menos la implacable reputación del magistrado.

—Mientras que, al haber venido a verme amablemente como lo habéis hecho, podemos hablar en familia.

—No sabemos casi nada.

—Lo que sabéis será suficiente. ¿Erais amigos de Albert?

—Era un tipo original.

—Muy gracioso, ¿verdad?

—Lo conocimos en las carreras.

—Me lo figuraba.

Eso situaba a los dos hombres. El garaje de Ferdinand no debía de estar abierto al público muy a menudo. Probablemente no lo usaba para vender coches robados, pues eso requiere un equipamiento complicado para modificarlos y toda una organización entera. Por otra parte, los dos hombres no eran de los que les gustaba tener líos.

Seguramente lo que hacían era comprar coches viejos a bajo precio y después los arreglaban lo bastante para engañar a algún primo.

En los bares, en los hipódromos, en los vestíbulos de los hoteles, se encuentra a provincianos ingenuos a quienes no les desagrada aprovechar una ocasión sensacional. Incluso, a veces, se los puede empujar a decidir susurrándoles al oído que el coche se lo han robado a alguna estrella de cine.

—¿Estabais los dos en Vincennes el martes pasado?

Se miraron no para ponerse de acuerdo, sino para recordar.

—Espere... Oye, Ferdinand, ¿no fue el martes cuando ganaste con Sémiramis?

—Sí.

—Entonces estábamos.

—¿Y Albert?

—Veamos... Ahora me acuerdo. Fue el día que llovió a cántaros en la tercera. Albert estaba allí, lo vi desde lejos.

—¿Le hablasteis?

—No, porque él no estaba en la pista, sino en el pesaje. Nosotros somos más de pista. Él también, normalmente. Pero aquel martes iba con su mujer. Era su aniversario de boda o algo por el estilo. Me había hablado de ello unos días antes. Incluso pensaba comprarse un coche, no muy caro, y Ferdinand le había prometido buscarle uno. Pero en serio, no piense usted mal.

—¿Y después?

—¿Después, qué?

—¿Qué pasó al día siguiente?

Se concentraron otra vez, y Maigret los ayudó a recordar.

—¿Fue al garaje adonde os llamó el miércoles hacia las cinco?

—No, al Pélican, en la avenida Wagram. A esa hora estamos casi siempre allí.

—Ahora, señores, me gustaría saber exactamente, palabra por palabra, si es posible, lo que dijo. ¿Quién cogió el teléfono?

—Fui yo —dijo Jo.

—Haz memoria. No te precipites.

—Tenía prisa, y parecía muy alterado.

—Ya lo sé.

—Al principio no comprendí bien de qué se trataba, porque se armaba un lío a fuerza de querer hablar deprisa, como si temiera que le cortasen la comunicación.

—Eso también lo sé. Me llamó cuatro o cinco veces en el mismo día...

—¡Ah!

Jo y Ferdinand renunciaban a comprender.

—Entonces, si le llamó, debe de saber...

—Sigue.

—Me dijo que unos tipos le perseguían y que tenía miedo, pero que creía que había encontrado un medio de librarse de ellos.

—¿Dijo qué medio era ese?

—No. Pero parecía contento de su idea.

—¿Qué más?

—Dijo, más o menos: «Es una historia terrible, pero quizá se pueda sacar algo de ello». No olvide, comisario, que usted nos ha prometido...

—Os reitero mi promesa. Saldréis de aquí tan libremente como habéis entrado, y no os molestarán, sea lo que sea lo que me contéis, a condición de que digáis toda la verdad.

—Confiese que usted la conoce casi tan bien como nosotros.

—Casi.

—Bueno. Qué le vamos a hacer. Albert agregó: «Venid a verme esta noche a casa, a las ocho. Tenemos que hablar».

—¿Qué es lo que pensasteis?

—Espere. Antes de colgar dijo: «Mandaré a Nine al cine». ¿Comprende? Eso quería decir que se trataba de algo serio.

—Un momento. ¿Albert había trabajado ya con vosotros dos?

—Nunca. ¿Qué habría podido hacer? Ya conoce usted nuestro oficio. No se trata de algo completamente limpio. Y Albert era un burgués.

—Lo que no impide que pensara sacar partido de lo que había descubierto...

—Puede que sí. No lo sé. Espere... Estoy recordando otra frase, aunque no del todo. Habló de la banda del Norte...

—Y decidisteis acudir a la cita...

—¿Qué otra cosa podíamos hacer?

—Escucha, Jo. No seas idiota. Por una vez no tienes nada que temer; puedes ser franco. Pensaste que tu camarada Albert había descubierto a los tipos de la banda de Picardía. Tú sabías, por los periódicos, que se habían quedado con varios millones, y te preguntaste si no habría medio de hacerse con una parte... ¿Es eso?

—Creí que era eso lo que había pensado Albert.

—Bueno. Estamos de acuerdo. Sigue.

—Fuimos allá los dos.

—Y en el bulevar Henry Cuarto tuvisteis una avería, lo que me hace suponer que el Citroën amarillo era menos nuevo de lo que parecía.

—Lo habíamos pintado para venderlo. No pensábamos usarlo nosotros.

—Y llegasteis al Quai de Charenton con más de una hora de retraso. Las puertas estaban cerradas, pero como no estaba echada la llave, entrasteis.

Volvieron a mirarse con expresión lúgubre.

—Y encontrasteis a vuestro amigo muerto de una puñalada.

—Exacto.

—¿Y qué hicisteis?

—Al principio creíamos que no lo habían liquidado completamente, porque todavía estaba caliente.

—¿Y luego?

—Vimos que habían registrado la casa. Pensamos que Nine iba a volver del cine. Solo hay uno cerca, en Charenton, cerca del canal. Fuimos allí.

—¿Qué pensabais hacer?

—No lo sabíamos, palabra de honor. No nos decidíamos. Desde luego, no resulta nada agradable anunciar una noticia así a una mujer. Además, nos preguntábamos si los tipos de la banda nos habrían visto. Ferdinand y yo estuvimos discutiendo.

—Y decidisteis llevaros a Nine al campo.

—Sí.

—¿Está lejos?

—Cerca de Corbeil, en una posada a orillas del Sena adonde íbamos a pescar de vez en cuando, y donde Ferdinand tiene una barca.

—¿Y ella no quiso ver a Albert?

—No se lo permitimos. Cuando volvimos a pasar por el Quai de Charenton, por la noche, no había nadie cerca de la taberna. Seguía habiendo luz en la puerta, que nos habíamos olvidado de apagar.

—¿Por qué cambiasteis el cuerpo de sitio?

—Fue una idea de Ferdinand.

Maigret se volvió hacia este, que bajó la cabeza, y el comisario repitió:

—¿Por qué?

—No podría explicarlo. Estaba muy nervioso. En la taberna habíamos bebido para animarnos. Pensé que seguramente los vecinos habían visto el coche y también a nosotros. Además, si se sabía que Albert era el muerto, buscarían a Nine, y ella sería incapaz de callarse.

—Y creasteis una falsa pista.

—Pues sí. La policía pone menos atención en un asunto cuando se trata de un crimen corriente, cuando parece sencillo, cuando a un hombre lo matan en plena calle de un navajazo para quitarle el dinero, por ejemplo.

—¿Fuiste también tú el que pensó en agujerear el impermeable?

—Hacía falta. Para que pareciese que había muerto en la calle.

—¿Y desfigurarlo?

—Era necesario. Y él ya no podía sentir nada. Pensamos que de esa manera el asunto se archivaría enseguida y no habría ningún peligro.

—¿Eso es todo?

—Todo. Lo juro. ¿Verdad, Jo? Al día siguiente pinté el coche de azul y cambié la matrícula.

Se veía que se disponían a levantarse.

—Un momento. ¿No habéis recibido nada después?

—Recibido ¿qué?

—Un sobre, con algo dentro seguramente.

—No.

Se veía que eran sinceros. La pregunta los había sorprendido mucho. Y Maigret, al mismo tiempo que la formulaba, había descubierto una posible solución al problema que más le había preocupado durante los últimos días.

Esa solución se la había proporcionado Jo hacía un momento sin darse cuenta. ¿No le había dicho Albert por teléfono que acababa de encontrar un medio de desembarazarse de la banda que lo seguía?

¿No había pedido un sobre en la última cervecería en la que se le había visto, precisamente después de la llamada a sus amigos?

Él llevaba encima, en un bolsillo, algo que comprometía a los checos. Uno de ellos no lo perdía de vista. ¿No era un medio de librarse de él echar ostensiblemente un sobre en un buzón de correos ?

Deslizar el documento en el sobre era pan comido.

Pero ¿qué dirección había escrito?

Maigret descolgó el teléfono y llamó a la policía judicial.

—¿Hola? ¿Quién está al aparato? ¿Bodin? Tenemos trabajo, amigo. ¡Urgente! ¿Cuántos inspectores hay en el despacho? Vaya... ¿Solo cuatro? Y uno tiene que estar de guardia, sí. Coge a los otros tres. Vais a ir a todas las estafetas de Correos de París. ¡Espera! Incluso la de Charenton, por la que empezarás tú, personalmente. Preguntad a los empleados de lista de Correos. Debe de haber en alguna parte, a nombre de Albert Rochain, una carta que espera desde hace días. Sí; la coges; me la traes. No. A mi casa, no. Estaré en mi despacho dentro de media hora.

Miró a los dos hombres, sonriendo.

—¿Otra copita?

No debía de gustarles el calvados, pero lo bebían por cumplir.

—¿Podemos irnos?

No estaban completamente seguros, y se levantaban como escolares a los que el maestro anuncia el recreo.

—¿No nos meterán en el ajo?

—No os va a pasar nada. Solo os pido que no le digáis ni una palabra a Nine.

—¿No le pasará nada a ella tampoco?

—¿Por qué le habría de pasar?

—Trátela con delicadeza, ¿eh? Si usted supiera cómo quería a su Albert...

Cuando se cerró la puerta, Maigret fue a apagar el gas, pues se estaba derramando la sopa, que ya se extendía por todo el hornillo.

Se había dado cuenta de que los muchachos le habían mentido en algo. Según el doctor Paul, tenían que haber desfigurado a su camarada antes de poner a salvo a Nine. Pero eso no cambiaba el asunto. Y, en definitiva, se habían mostrado bastante dóciles para que el comisario no les molestase. Pues, en el fondo, esa gente tenía su vergüenza, como todo el mundo.

9

El despacho estaba lleno de humo. Colombani se hallaba sentado en un sillón con las piernas estiradas. Unos instantes antes también había estado el director de la policía judicial. Los inspectores entraban y salían. El juez Coméliau acababa de llamar por teléfono. Maigret descolgó una vez más el aparato.

—¿Hola? ¿Marchand? Soy Maigret. El verdadero, sí. ¿Cómo? ¿Que hay otro que también es amigo suyo? ¿Un conde? No es de la familia, no.

Eran las siete. Quien estaba al otro lado de la línea era el secretario general del Folies-Bergère.

—¿Qué es lo que quiere usted de mí, amigo? —preguntó, gangoso—. ¡Caray! Eso no es nada fácil... Tengo el tiempo justo para comer algo en el barrio antes de abrir las puertas... A menos que venga usted a tomar un bocado conmigo... ¿En La Chope Montmartre, por ejemplo? ¿Dentro de diez minutos? Hasta ahora, amigo.

Janvier estaba en el despacho, muy alterado. Era él quien se había traído de Joinville una hermosa fotografía de gran tamaño, como las que se encuentran dedicadas en los camerinos de los artistas. Y además estaba firmada, con una letra picuda y osada: FRANCINE LATOUR.

La mujer era bonita, muy joven todavía. Al dorso figuraba su dirección: calle Longchamp, 121, en Passy.

—Parece que trabaja en estos momentos en el Folies-Bergère —había dicho Janvier.

—¿La ha reconocido el empleado de la Mutua?

—Por completo. Me hubiera gustado traerlo, pero iba ya con retraso y tiene miedo a su mujer. No obstante, si lo necesitamos, podemos llamarlo a cualquier hora. Vive a dos pasos, en la calle Saint-Louis, y tiene teléfono.

Francine Latour también tenía teléfono. Maigret llamó al piso, pensando callarse y colgar sin contestaban. Pero, como suponía, la joven no estaba en casa.

—Vete para allá, Janvier. Llévate a alguno que sea listo. No hay que llamar la atención de ninguna manera.

—¿Hay que hacer una visita discreta al piso?

—De momento no. Esperad a que os llame. Que uno de vosotros se quede en un bar cerca y que llame aquí para darme el número del teléfono.

Fruncía el ceño en el esfuerzo por no olvidar nada. Habían vuelto ya de la Citroën con un resultado al menos: Serge Madok había trabajado allí cerca de dos años.

Pasó al despacho de los inspectores.

—Escuchad, muchachos: seguramente esta tarde o esta noche me hará falta mucha gente. Convendría que estuvierais preparados. Id a tomar algo por el barrio o que os suban unos bocadillos y unas cervezas. Hasta luego. ¿Vienes, Colombani?

—Creía que cenarías con Marchand.

—¿No lo conoces tú también?

Marchand, que había empezado en la reventa de entradas a las puertas de los teatros, era ahora uno de los personajes más conocidos de París. Había conservado su aspecto vulgar, su hablar grosero. Estaba en el restaurante con los codos sobre la mesa y un enorme menú en las manos. En el momento en que llegaban los dos hombres le decía al *maître*:

—Algo ligero, querido Georges... Veamos..., ¿tienes perdices?

—Con coles, señor Marchand.

—Siéntense, amigos. ¡Vaya! La Dirección General de Seguridad también está de fiesta. Un tercer cubierto, querido Georges. ¿Qué les parece a ustedes unas perdices con coles? ¡Espera! Primero, unas truchitas en su jugo. ¿Están vivas, Georges?

—Puede usted verlas en el vivero, señor Marchand.

—Y unos entremeses mientras esperamos. Ya está todo. ¡Espera! Y un suflé para acabar, si tienes.

Aquella era su pasión. Incluso cuando estaba solo, se permitía comidas como esa al mediodía y por la noche. Y eso él lo llamaba comer ligero, sobre la marcha. Quizá después del teatro se iría a cenar...

—Y ahora, amigos, ¿qué es lo que puedo hacer por ustedes? ¿Supongo que no irá algo mal en mi garito?

Era demasiado pronto para hablar en serio. Había llegado el turno del sumiller, y Marchand dedicó algunos minutos a elegir los vinos.

—Les escucho, muchachos.

—Si le digo una cosa, ¿podrá guardárselo para usted?

—Olvida usted que soy, sin duda alguna, el hombre que más secretos conoce de París. Piense que la suerte de centenares o millares de hogares está en mis manos. ¿Guardármelo? Pero ¡si es lo único que hago!

Era curioso. En efecto, hablaba de la mañana a la noche, pero lo cierto era que solo decía lo que quería decir.

—¿Conoce usted a Francine Latour?

—Trabaja en dos de nuestros números con Dréan.

—¿Qué le parece ella?

—¿Qué quiere que piense? Es una cría. Pregúnteme dentro de diez años.

—¿Tiene talento?

Marchand miró al comisario con una cómica expresión de sorpresa.

—¿Y para qué quiere usted que posea talento? No sé exactamente qué edad tiene, pero no creo que pase de los veinte años. Y ya se viste en casas de modistos, y creo que incluso empieza a llevar diamantes... La semana pasada, por ejemplo, llegó con un visón sobre los hombros. ¿Qué más quiere usted?

—¿Tiene amantes?

—Tiene un amigo, como todas.

—¿Lo conoce usted?

—Me gustaría decir que no lo conozco.

—Un extranjero, ¿verdad?

—Ahora todos son más o menos extranjeros, es como si Francia solo proporcionara maridos fieles.

—Escúcheme, Marchand. Es algo mucho más grave de lo que pueda usted pensar.

—¿Cuándo creen que lo agarrarán?

—Espero que esta noche. No es lo que usted cree.

—De todas formas, está acostumbrado. Si no recuerdo mal, ya ha pasado dos veces por los juzgados de lo penal por cheques sin fondos o algo por el estilo. Pero ahora parece que esté a flote.

—¿Su nombre?

—Entre bastidores, todo el mundo lo llama señor Jean. Su verdadero apellido es Bronsky. Es un checo...

—... sin fondos —remató Colombani.

Maigret se encogió de hombros.

—Estuvo un tiempo tonteando con el cine. Creo que aún anda en ello —prosiguió Marchand, que habría podido recitar el currículum de todas las personalidades parisienses, incluso las más pasadas—. Un muchacho guapo, simpático, generoso. Las mujeres lo adoran, los hombres desconfían de su seducción.

—¿Está enamorado?

—Eso creo. En todo caso, no deja sola a la chica. Dicen que es celoso.

—¿Dónde cree que puede estar ahora?

—Si ha habido carreras esta tarde, probablemente haya estado allí con ella. Una mujer que se viste desde hace cuatro o cinco meses en la calle de la Paix y que tiene un visón nuevo no se pierde las carreras. Ahora deben de estar tomando el aperitivo en algún bar de los Champs-Élysées. La niña no sale a escena hasta las nueve y media. Suele llegar al teatro a las nueve. Por tanto, tienen tiempo de ir a comer a Fouquet's, a Maxim's o a Ciro's. Si quiere usted encontrarlos...

—Todavía no. ¿Bronsky la acompaña al teatro?

—Casi siempre. La lleva a su camerino, se queda un rato entre bastidores, se instala en el bar del salón grande y charla con Félix. Después del segundo número, se reúne con ella en el camerino y, en cuanto está arreglada, se la lleva. Es raro que no tengan algún *cocktail-party* en algún sitio.

—¿Vive con ella?

—Probablemente, amigo mío. Eso sería mejor preguntárselo a la portera.

—¿Lo ha visto usted en los últimos días?

—¿A él? Ayer mismo.

—¿No le pareció que estaba algo más nervioso que de costumbre?

—Esa gente, ya sabe usted, están siempre un poco nerviosa. Cuando se camina en la cuerda floja… En fin. Si no me equivoco, la cuerda está a punto de romperse. Lo siento por la pequeña… Claro que ahora que va bien arreglada, saldrá adelante, y tiene probabilidades de encontrar cosas mejores.

Sin dejar de hablar, Marchand comía, bebía, se limpiaba la boca con la servilleta, saludaba familiarmente a la gente que entraba o que salía, y aún encontraba manera de charlar con el *maître* o con el sumiller.

—¿No sabe cuáles fueron sus comienzos?

—Amigo, esa es una pregunta que no se le hace a un *gentleman* —contestó con sequedad Marchand, a quien el periodismo de chantaje le recordaba a menudo sus propios orígenes. —Al cabo de unos instantes prosiguió—: Lo único que sé es que ha tenido una agencia de figurantes.

—¿Hace mucho tiempo?

—Unos meses. Podría informarme.

—No vale la pena. Lo que le pido es que no haga ninguna alusión a esta conversación, por lo menos esta noche.

—¿Vienen ustedes al teatro?

—No.

—Se lo agradezco. Pues les iba a rogar que no resolvieran este pequeño asunto en mi casa.

—No quiero correr ningún riesgo, Marchand. Mi foto y la de Colombani aparecen a menudo en los periódicos. Según lo que me ha contado usted de él y lo que yo ya sabía, ese hombre es lo bastante listo para olfatear a cualquiera de mis inspectores.

—Amigo, me parece que se toma esta historia demasiado en serio. Sírvanse perdiz.

—Puede que haya jaleo.

—¡Ah!

—Ya lo ha habido. Y mucho.

—Bueno. No me cuenten nada. Prefiero mejor leerlo mañana o pasado en el periódico. Porque a lo mejor me puedo sentir mal si me invita esta noche a tomar una copa con él. Coman, amigos. ¿Qué me dicen de este vinillo? Solo quedan ya cincuenta botellas, y he solicitado que me las aparten. Mejor dicho, quedan cuarenta y nueve. ¿Pido otra?

—Gracias, pero tenemos trabajo para toda la noche.

Se separaron un cuarto de hora más tarde, un poco pesados por una comida demasiado copiosa y demasiado bien regada.

—Con tal de que no hable... —refunfuñó Colombani.

—No hablará.

—A propósito, Maigret, ¿te llevó buenas noticias tu tía?

—Excelentes. A decir verdad, conozco ya casi toda la historia del pequeño Albert.

—Me lo suponía. No hay nadie como las mujeres para enterarse de las cosas. ¡Sobre todo las tías de provincias! ¿Puedo saber...?

Tenían poco tiempo por delante. Un descanso no venía mal ante la noche, que se presentaba movidita, así que dieron un paseo mientras iban haciendo conjeturas.

—Tenías razón. Seguramente podríamos haberlos pescado a todos en Vincennes. Con tal de que Jean Bronsky no sospeche que lo persiguen...

—Se hará lo que se pueda, ¿no?

Llegaron a la policía judicial a las nueve y media. Allí los aguardaba una importante noticia. Un inspector los estaba esperando muy nervioso.

—Comisario, Carl Lipschitz ha muerto. Se puede decir que ante mis propios ojos. Yo estaba en un rincón oscuro de la calle Sèvres, a unos cien metros del hospital. Hacía un momento había oído ruidos a mi derecha, como de alguien que dudaba en avanzar. Luego, unos pasos precipitados y sonó un disparo. Sonó tan cerca que mi primer pensamiento fue que me disparaban a mí, y me encontré en el acto con la pistola en la mano. Pero entonces me pareció vislumbrar un cuerpo que caía y una sombra que se alejaba corriendo. Disparé.

—¿Lo mataste?

—Disparé a las piernas, y al segundo tiro tuve la suerte de hacer blanco. El tipo que escapaba cayó también.

—¿Quién es?

—El crío, al que llaman Pietr. No ha habido que llevarlo lejos, puesto que el hospital está enfrente.

—Total, que Pietr ha disparado contra Carl...

—Sí.

—¿Estaban juntos?

—No. No lo creo. Me parece más bien que Pietr seguía a Carl y le disparó.

—¿Qué ha dicho?

—¿El chico? Nada. No abre la boca. Tiene los ojos brillantes, febriles. Parecía muy satisfecho de entrar en el hospital y, por los pasillos, iba lanzando miradas a todos lados.

—Está pensando en Maria, que se encuentra allí... ¿La herida es grave?

—La bala le entró en la rodilla izquierda. A estas horas deben de estar operándolo.

—¿Y en los bolsillos?

Encima de la mesa de Maigret había dos pequeños montones de cosas, colocados con cuidado.

—El primero es de los bolsillos de Carl. El otro, de los del pequeño.

—¿Está Moers arriba?

—Ha dicho que pasará la noche en el laboratorio.

—Dile que baje. Que suba alguien a los ficheros. Necesito la ficha de un tal Jean Bronsky y su expediente. No tengo sus huellas, pero ha pasado dos veces por los juzgados de lo penal y ha debido estar dieciocho meses en la cárcel.

Envió también a dos hombres a la calle Provence, frente al Folies-Bergère, con la orden de que no los vieran bajo ninguna circunstancia.

—Antes de iros, mirad la foto de Bronsky. Habría que echarle el guante solo en caso de que quisiera tomar un tren o un avión. Y no creo que eso ocurra.

La cartera de Carl Lipschitz contenía cuarenta y dos billetes de mil francos, una tarjeta de identidad a su nombre y otra con un nombre italiano: Filipino. No fumaba, pues no llevaba ni cigarrillos, ni pipa, ni encendedor, pero sí había una linterna de bolsillo, dos pañuelos, uno de ellos mugriento, una entrada de cine con fecha de aquel mismo día, un cortaplumas y una pistola automática.

—¿Ves? —le dijo Maigret a Colombani—. Y creíamos haber pensado en todo... —Estaba enseñándole la entrada del cine—. Mira lo que se les ha ocurrido. Es mucho mejor que rondar por las calles. Se pueden pasar horas en la oscuridad. En un cine de los bulevares, que está abierto toda la noche, se puede incluso echar un sueñecito.

En los bolsillos de Pietr había exactamente treinta y ocho francos en monedas. Su cartera contenía dos fotografías: una pequeña de Maria, de tipo pasaporte, posiblemente del año anterior, pues llevaba otro peinado, y un retrato de dos campesinos, un hombre y una mujer, sentados a la puerta de su casa en Europa central, a juzgar por el estilo de la casa.

Ningún documento de identidad. Cigarrillos. Un encendedor. Un cuadernito azul con buen número de páginas llenas de una escritura apretada a lápiz.

—Parecen versos.

—Estoy seguro de que, efectivamente, lo son.

Moers se frotó las manos de gusto al ver los dos montones que iba a llevarse para su entretenimiento. Un inspector llevó enseguida el expediente de Bronsky.

La fotografía, dura y cruel, como todas las fotografías antropométricas, no se correspondía del todo con la descripción de Marchand, pues el hombre, aunque joven, era de rasgos demacrados, y tenía una barba de dos días y la nuez prominente.

—¿Ha llamado Janvier?

—Ha dicho que todo estaba tranquilo y que podía usted llamarlo al sesenta y dos, cuarenta y uno de Passy.

—Pide que me pasen con el número.

Leía a media voz. Según el informe, Bronsky había nacido en Praga y tenía en la actualidad treinta y cinco años. Había cursado estudios universitarios en Viena; luego había vivido unos años en Berlín. Allí se había casado con una tal Hilda Braun, aunque, cuando entró en Francia, a los veintiocho años y con los papeles en regla, iba solo. La profesión que declaraba era ya la de cineasta, y su primer domicilio fue un hotel del bulevar Raspail.

—Janvier al aparato, jefe.

—¿Eres tú, muchacho? ¿Has comido? Escúchame bien. Voy a enviarte a dos hombres en coche.

—Pero si ya estamos dos aquí... —protestó el inspector, molesto.

—No importa. Escucha lo que te digo. Cuando lleguen, que se queden aparte. No tienen que dejarse ver. Sobre todo, si alguien llega a pie o baja de un taxi no debe sospechar que están ahí. Tu compañero y tú entráis en la casa. Esperad a que no haya luz en la portería. ¿Qué tipo de casa es?

—Nueva, moderna, bastante elegante. Una gran fachada blanca y una puerta de hierro forjado con cristales.

—Bueno. Subís diciendo un nombre cualquiera al pasar.

—¿Y cómo encontraré el piso?

—Tienes razón. Seguramente en los alrededores haya un establecimiento que reparte leche. Despierta al lechero si hace falta. Cuéntale una historia, preferiblemente una historia de amor.

—Entendido.

—¿Te acuerdas aún de cómo se fuerza una cerradura? Entrad. No encendáis la luz. Escondeos en un rincón, de manera que estéis dispuestos a intervenir si fuera necesario.

—Entendido, jefe —dijo con un suspiro el pobre Janvier, que iba a pasar horas inmóvil en la oscuridad de un piso desconocido.

—¡Sobre todo, nada de fumar!

Se sonrió a sí mismo por su crueldad. Luego eligió los dos hombres para la guardia en la calle Longchamp.

—Llevad vuestras armas. No se puede prever cómo irán las cosas.

Le lanzó una mirada a Colombani. Los dos hombres se comprendían. No tenían que habérselas con un estafador, sino con el jefe de una banda de asesinos: no tenían derecho a correr ningún riesgo.

En el bar del Folies-Bergère, por ejemplo, la detención habría sido más fácil. Pero no se podía prever la reacción de Bronsky. Había muchas probabilidades de que fuera armado, y era un hombre capaz de defenderse de cualquier manera, incluso disparando contra la muchedumbre para aprovecharse del pánico.

—¿Quién se encarga de pedir cerveza en la cervecería Dauphine? Y bocadillos...

Esta era la señal de que empezaba una de las grandes noches de la policía judicial. En los dos despachos del sector de Maigret reinaba una atmósfera de cuartel general. Todo el mundo fumaba, todo el mundo se movía. Los teléfonos permanecían libres.

—Con el Folies-Bergère, por favor.

Pasó un buen rato antes de que Marchand se pusiera al aparato. Habían tenido que ir a buscarlo al escenario, donde estaba resolviendo una diferencia entre dos bailarinas desnudas.

—¿Sí, amigo mío...? —comenzó a decir, antes de saber quién estaba al aparato.

—Soy Maigret.

—¿Qué hay?

—¿Está ahí?

—Lo he visto hace un momento.

—Muy bien. No diga nada. Una llamada en el caso de que se vaya solo.

—Comprendido. No lo sacudan demasiado, ¿eh?

—Seguramente habrá algún otro que se encargue de eso —contestó enigmáticamente Maigret.

Al cabo de unos instantes, en el Folies, Francine Latour saldría a escena en compañía del cómico Dréan y, sin duda, en ese momento, su amante entraría un instante en la caldeada sala y se quedaría en el corredor, como un habitual, para escuchar con aire distraído un diálogo que se sabía de memoria y las risas que estallaban en la galería.

Maria seguía acostada en su habitación de hospital, nerviosa, furiosa, porque, siguiendo el protocolo, le habían quitado al bebé durante la noche, y dos inspectores estaban de guardia en el pasillo. También había otro, uno solo, en la otra ala del Laennec, adonde acababan de llevar a Pietr de la sala de operaciones.

Un Coméliau bastante nervioso, que se encontraba en casa de unos amigos, en el bulevar Saint-Germain, se había separado de ellos un momento para llamar a Maigret.

—¿Aún nada?

—Algunas pequeñeces. Carl Lipschitz ha muerto.

—¿Le disparó uno de los hombres de usted?

—No, uno de los suyos. El pequeño Pietr ha recibido en la pierna una bala de uno de mis inspectores.

—¿De manera que ya solo queda uno?

—Sí, Serge Madok. Y el jefe.

—Que todavía no se sabe quién es…

—Se llama Jean Bronsky.

—¿Cómo dice que es el apellido?

—Bronsky.

—¿No es productor de cine?

—No sé si es productor, pero ha hecho cosas en el cine.

—Yo lo condené a dieciocho meses de cárcel hace apenas tres años.

—El mismo.

—¿Está usted sobre su pista?

—En este momento está en el Folies-Bergère.

—¿Cómo dice?

—He dicho que en el Folies-Bergère.

—¿Y no lo detiene usted?

—Dentro de un rato. Todavía hay tiempo. Me gusta limitar los daños, ¿entiende?

—Tome nota de mi número. Estaré en el hogar de estos amigos hasta cerca de medianoche. Después esperaré en mi casa su llamada.

—Seguramente tendrá usted tiempo de dormir un poco.

Maigret no se equivocaba. Jean Bronsky y Francine La-tour fueron en primer lugar en taxi a Maxim's, donde cena-ron frente a frente. El comisario, desde su despacho del Quai des Orfèvres, seguía las idas y venidas, y por segunda vez el camarero de la cervecería Dauphine subió con su bandeja. Por todas las mesas había vasos sucios, bocadillos a medias, y el olor del tabaco se agarraba a la garganta. A pesar del calor, Colombani no se había quitado su abrigo claro de pelo de camello, que para él era una especie de uniforme, y llevaba el sombrero echado hacia atrás.

—¿No haces llamar a la mujer?

—¿Qué mujer?

—A Nine, la mujer de Albert.

Maigret negó con la cabeza, algo disgustado. ¿Acaso lo incumbía eso? Estaba dispuesto a colaborar con la gente de la calle des Saussaies, pero con la condición de que lo dejasen en paz.

Por el momento, a decir verdad, parecía un hombre que se lo estaba pensando demasiado… Como acababa de decirle el juez Coméliau, no tenía más que detener a Jean Bronsky en el momento que eligiera. Y se acordaba de una frase que había pronunciado al comienzo de la investigación, no sabía delante de quién, con una seriedad desacostumbrada: «Esta vez tenemos que vérnoslas con asesinos».

Asesinos que sabían bien, tanto unos como otros, que no tenían nada que perder. Hasta el punto de que si fueran detenidos entre la multitud y se supiera que eran los hombres de la banda de Picardía, la policía sería incapaz de impedir el linchamiento.

Después de lo que habían hecho en las granjas, cualquier jurado los condenaría a la pena capital. Ellos no lo ignoraban, y a duras penas podría esperar Maria, a causa del niño, la gracia del presidente de la República.

¿La obtendría? Era dudoso. Estaba el testimonio de la pequeña que se había escapado, y estaban también los pies y los pechos quemados. Y estaba su insolencia de hembra y hasta su belleza salvaje, que jugaría en su contra en la decisión del jurado.

Los hombres civilizados tienen miedo de las fieras, sobre todo de las fieras de esa especie, que les recuerdan la vida en las selvas de época pasadas.

Jean Bronsky era una fiera más peligrosa aún, una fiera vestida por el mejor sastre de la plaza Vendôme; una fiera con camisa de seda que había cursado estudios universitarios y a quien el peluquero acicalaba todas las mañanas como a una mujer presumida.

—Estás extremando la prudencia —le dijo en un momento dado Colombani al ver a Maigret esperar pacientemente ante los teléfonos.

—Extremo la prudencia, sí.

—¿Y si se te escurre entre los dedos?

—Prefiero eso a ver caer a uno de mis hombres.

Por ejemplo, ¿por qué dejar más tiempo a Chevrier y su mujer en su taberna del Quai de Charenton? Habría que llamarlos. Debían de estar acostados ya. Maigret sonrió y se encogió de hombros. ¿Quién sabe? Aquella pequeña mascarada debía de haberlos animado, y no había razón para que no siguieran unas horas más jugando al tabernero y la tabernera.

—¿Hola? ¿Jefe?... Acaban de entrar en Florence.

Era la sala de fiestas elegante de Montmartre. Champán obligatorio. Sin duda Francine Latour tenía un nuevo vestido o una nueva joya que lucir. Era muy joven y no estaba todavía cansada de aquella vida. ¿Acaso no había viejas ricas y con títulos que poseían una mansión en la avenida du Bois-de-Boulogne o en el barrio de Saint-Germain y que frecuentaban las mismas salas de fiestas durante cuarenta años?

—¡Vamos! —decidió de pronto Maigret.

Sacó la pistola del cajón y se aseguró de que estaba cargada. Colombani lo miraba con una leve sonrisa.

—¿Quieres de verdad que vaya contigo?

Era muy amable por parte de Maigret. Todo aquello ocurría en su sector. Era él quien había descubierto a la banda de Picardía. Podía haberse reservado el trabajo para él y sus hombres, y el Quai des Orfèvres se apuntaría una vez más un tanto contra la calle des Saussaies.

—¿Llevas tu arma?

—Siempre la tengo en el bolsillo.

Maigret no. Era raro que la llevase.

Cuando atravesaban el patio, Colombani señaló uno de los coches de la policía.

—No —dijo Maigret—. Prefiero un taxi. Llama menos la atención.

Eligió con cuidado uno cuyo conductor lo conociera. La verdad era que casi todos los taxistas lo conocían.

—Calle Longchamp. Avance por ella despacio.

La casa en la que vivía Francine Latour estaba bastante arriba de la calle, no lejos de un restaurante famoso donde el comisario recordaba haber hecho algunos buenos almuerzos. Todo estaba cerrado. Eran las dos de la madrugada. Había que elegir un sitio para detenerse, y Maigret estaba serio, gruñón, silencioso.

—Dé otra vuelta. Cuando le avise, pare. Deje encendidas solo las luces de posición, como si esperase a un cliente.

Estaban a menos de diez metros de la casa. Divisaron a un inspector escondido en la sombra de una puerta cochera. Debía de haber otro por algún sitio, y arriba Janvier y su compañero seguirían esperando en la sombra.

Maigret daba pequeñas caladas a su pipa. Sentía el hombro de Colombani contra el suyo. Se había colocado del lado de la acera.

Estuvieron así cuarenta y cinco minutos. Raramente pasaba un taxi; algunas personas volvían a casa, un poco más lejos. Por fin se detuvo un taxi frente a la puerta y un joven esbelto saltó a la acera y se inclinó hacia el interior para ayudar a su acompañante.

—¡Gi...! —se limitó a pronunciar Maigret.

Calculó sus movimientos. Hacía mucho tiempo que tenía la puerta del taxi entreabierta, la mano crispada en el picaporte. Con una velocidad que no se habría esperado de él, se abalanzó hacia delante y cayó sobre el hombre en el momento en que este, con una mano en el bolsillo del esmoquin para sacar la cartera, se inclinaba a mirar el contador de su taxi.

La joven lanzó un grito. Maigret sujetaba al hombre de los hombros, por detrás, y lo arrastraba con su peso; ambos cayeron a la acera.

El comisario, que había recibido un cabezazo en la barbilla, trataba de inmovilizar las manos de Bronsky por temor a que sacase su pistola. Colombani había llegado ya y, con calma y frialdad, le dio al checo una fuerte patada en la cara.

Francine Latour, sin dejar de pedir socorro, fue hasta la puerta de la casa y empezó a llamar frenéticamente al timbre. Llegaron a su vez los dos inspectores, y la lucha duró aún unos instantes. Maigret fue el último que se incorporó, pues estaba debajo del hombre.

—¿Nadie está herido?

A la luz de los faros del coche vio que tenía sangre en la mano, pero miró alrededor y se dio cuenta de que era la nariz de Bronsky, que sangraba a borbotones. Tenía las dos manos esposadas a la espalda, lo que le hacía estar un poco inclinado hacia delante. La expresión de su rostro era feroz.

—¡Hatajo de cerdos! —barbotó.

Y como un inspector se apresurase a vengar tal injuria dándole un puntapié en las tibias, Maigret le dijo, buscando la pipa en el bolsillo:

—Déjale que escupa el veneno. Es el único derecho que le queda ya.

Estuvieron a punto de olvidarse de Janvier y de su compañero, que seguían en el piso, donde sin duda, esclavos de sus órdenes, habrían permanecido ocultos hasta el amanecer.

10

Primero, el director de la policía judicial, lo cual no había agradado mucho a Coméliau.

—Muy bien, amigo. Ahora, hágame el favor de ir a acostarse. Ya nos encargaremos de lo demás mañana por la mañana. ¿Convocarán a los dos jefes de estación?

Se refería al de Goderville y al de Moucher, que debían reconocer al hombre que habían visto descender del tren el 19 de enero uno de ellos, y subir al mismo unas horas más tarde el otro.

—Colombani se ha ocupado de ello. Ya están en camino.

Jean Bronsky estaba con ellos en el despacho, sentado en una silla. Jamás había habido tantas cervezas y tantos bocadillos encima de la mesa. Lo que más extrañaba al checo era que nadie se molestase en interrogarlo.

Francine Latour también se encontraba allí. Era ella la que había insistido en ir, pues se hallaba completamente convencida de que se trataba de un error de la policía. Maigret, como se le da a un niño un libro de estampas para que se quede tranquilo, le había tendido el expediente de Bronsky, que ella estaba leyendo con atención, no sin lanzar de cuando en cuando una mirada de espanto a su amante.

—¿Qué vas a hacer? —preguntó Colombani.

—Voy a llamar al señor juez y me voy a acostar.

—Si quieres, te llevo.

—Gracias. No vale la pena que te retrases.

Maigret seguía engañándolo, y Colombani lo sabía. Le dio al taxista en voz alta la dirección del bulevar Richard-Lenoir, pero, unos instantes después, golpeó en los cristales.

—Siga por el Sena. En dirección a Corbeil.

Así vio apuntar el día. Vio a los primeros pescadores de caña instalarse a orillas del río, del que subía una leve bruma, vio las primeras chalanas embotellarse ante las esclusas y el humo que empezaba a salir de las casas y subía hacia el cielo color de nácar.

—Verá una posada por aquí, un poco más arriba —dijo cuando hubieron pasado Corbeil.

La encontraron. La terraza sombreada daba al Sena y la casa estaba rodeada de toneles, junto a los cuales debía de apelotonarse la gente los domingos. El dueño, un hombre de largos bigotes rojizos, estaba vaciando una barca, y las redes de pesca se hallaban extendidas sobre el pontón.

Resultaba agradable, después de la noche que acababa de pasar, caminar por la hierba mojada de rocío, sentir el olor de la tierra, de los troncos que ardían en la chimenea, ver a la criada, todavía sin peinar, trajinar por la cocina.

—¿Tiene usted café?

—Dentro de unos minutos. La verdad es que todavía no hemos abierto…

—¿Su inquilina suele bajar temprano?

—Ya hace un ratito que la oigo ir y venir por su habitación. Escuche.

Se oían, en efecto, pasos en el techo de gruesas vigas vistas.

—Precisamente estoy preparándole café.

—Ponga usted dos cubiertos.

—¿Es usted amigo suyo?

—Seguramente. Lo contrario me extrañaría.

En efecto, así fue. Todo ocurrió de manera muy sencilla. Cuando se presentó y le dijo quién era, ella se asustó un poco, pero él le dijo amablemente:

—¿Me permite que coma algo con usted?

Había dos platos de gruesa loza sobre el mantel de cuadros rojos, ante la ventana. El café humeaba en los tazones. La mantequilla tenía sabor a avellanas.

Desde luego, era bizca, e incluso de forma terrible. Ella era consciente de ello y, cuando Maigret la miró a los ojos se turbó y le explicó:

—A los diecisiete años mi madre hizo que me operaran, porque el ojo izquierdo miraba para fuera. Después de la operación, miraba para dentro. El cirujano me propuso otra operación, gratis, pero yo no quise.

Pues bien, después de un minutos de mirarla, Maigret apenas reparaba uno en ello. Y se comprendía que incluso se la pudiese encontrar bonita.

—¡Pobre Albert! ¡Si usted lo hubiese conocido! Un hombre tan alegre, tan bueno, siempre con ganas de agradar a todo el mundo...

—Era primo suyo, ¿verdad?

—Primo muy lejano.

Su acento también tenía encanto. Lo que sobre todo se sentía a su lado era una inmensa necesidad de ternura. Pero no ternura hacia ella, sino ternura que ella tenía necesidad de repartir.

—Yo tenía casi treinta años cuando me quedé huérfana. Era una solterona. Mis padres poseían algunos bienes y yo no había trabajado nunca. Me vine a París porque me aburría yo sola en aquella casona. Apenas conocía a Albert. Había oído hablar mucho de él. Y fui a verlo.

Claro. Maigret lo entendía. Albert estaba solo, ella también. Ella lo rodearía de pequeños cuidados a los que él no estaba acostumbrado.

—Si supiera usted cómo lo he querido... No le pedía que me quisiese, ¿comprende? Yo sabía muy bien que eso era imposible. Pero él me lo hizo creer. Y yo fingía creérmelo, para que estuviera contento. Éramos felices, señor comisario. Estoy segura de que él era feliz. No tenía ninguna razón para no serlo, ¿verdad? Y acabábamos de festejar precisamente el aniversario de nuestra boda. No sé lo que pasó en las carreras. Me dejaba en la tribuna mientras iba a las taquillas. Una de esas veces volvió muy preocupado, y desde ese momento no dejó de mirar alrededor, como si buscase a alguien. Quiso que regresáramos en taxi, y no hacía más que volverse. Delante de la casa le dijo al chófer: «Continúe». No comprendo por qué. Pidió que lo llevaran a la plaza de la Bastilla. Bajó y me dijo: «Vuelve sola. Yo iré dentro de una hora o dos». Me llamó para decirme que regresaría al día siguiente por la mañana. Luego, al día siguiente, me llamó dos veces...

—¿El miércoles?

—Sí. La segunda vez fue para decirme que no lo esperara, que me fuera al cine. Como yo no quería, insistió. Casi se enfadó. Y me fui al cine. ¿Los han detenido?

—Menos a uno, que no tardará en caer. Él solo no creo que sea peligroso, sobre todo porque conocemos su identidad y tenemos su descripción.

Dicho y hecho. A esa misma hora, un inspector le echaba el guante a Serge Madok en una casa de mala nota del bulevar La Chapelle —una casa inmunda, frecuentada sobre todo por árabes—, donde se había encerrado el día anterior por la tarde y de la que obstinadamente no quería salir.

No ofreció resistencia. Estaba completamente embrutecido, con una borrachera terrible, y hubo que transportarlo hasta el furgón policial.

—¿Qué piensa hacer usted ahora? —preguntó con suavidad Maigret mientras llenaba su pipa.

—No lo sé. Seguramente me volveré a mi tierra. No puedo llevar el restaurante yo sola. Y no tengo a nadie.

Repetía estas últimas palabras y miraba alrededor, como buscando a alguien en quien depositar su ternura.

—No sé lo que voy a hacer para vivir.

—¿Por qué no adopta a un niño?

Ella levantó la cabeza, en un primer momento incrédula; luego sonrió:

—¿Cree usted que podría..., que me confiarían..., que...?

La idea iba cobrando cuerpo tan rápidamente en su ánimo, en su corazón, que Maigret se asustó. Él solo había lanzado la idea como tanteando. Era un pensamiento que se le había ocurrido en el taxi, uno de esos pensamientos enrevesados, audaces, que se acarician estando medio dormidos o en un estado de gran fatiga y que al día siguiente se ve que era una locura.

—Ya hablaremos de eso. Pues la veré de nuevo, si usted me lo permite... Tengo además que rendirle cuentas, ya que nos hemos permitido abrir su restaurante.

—¿Usted sabe de algún niño que...?

—Dios mío, señora, la verdad es hay uno que, en unas semanas o en unos meses, podría ser que no tuviera madre.

Ella se sonrojó intensamente, y él también. Ahora se reprochaba haber suscitado tan estúpidamente aquella cuestión.

—Un bebé, ¿verdad? —balbució ella.

—Un bebé pequeñito, sí.

—Y no tiene a nadie...

—No tiene a nadie.

—Y no sería necesariamente como...

—Perdone, señora. Ya es hora de que vuelva a París.

—Lo pensaré.

—No piense usted demasiado. Lamento haberle hablado de ello.

—No, ha hecho usted bien. ¿Podría yo ir a verlo? Diga, ¿me lo permitirían?

—Permítame todavía una pregunta. Albert me dijo por teléfono que usted me conocía. Yo no recuerdo haberla visto nunca…

—Pero yo sí me acuerdo de haberlo visto a usted, hace mucho tiempo, cuando apenas tenía veinte años. Mi madre vivía todavía y estábamos pasando unas vacaciones en Dieppe...

—¡En el hotel Beauséjour...! —exclamó él.

Había pasado allí quince días con la señora Maigret.

—Todos los huéspedes hablaban de usted y lo miraban a hurtadillas.

En el taxi de vuelta a París, a través del campo inundado de un sol brillante, experimentó una sensación extraña. Empezaban a verse yemas en los setos.

«No sería muy desagradable tomarse unas vacaciones», pensó, quizás a causa de las imágenes de Dieppe que acababa de evocar.

Sabía que no lo haría, pero lo pensaba periódicamente. Era como un constipado del que se curaba a fuerza de trabajo.

El extrarradio... El puente de Joinville...

—Pase por el Quai de Charenton.

La taberna estaba abierta. Chevrier mostraba un aspecto irritado.

—Me alegro de que haya venido, jefe. Me han llamado para decirme que se ha acabado todo, y mi mujer se estaba preguntando si tiene que ir al mercado.

—Como quiera.

—Pero ¿esto no vale ya para nada?

—Absolutamente para nada.

—También me han preguntado si lo he visto a usted. Parece que han llamado a su casa y a todas partes. ¿Quiere usted llamar al Quai des Orfèvres?

Dudó. Esta vez estaba de verdad agotado y solo tenía ganas de una cosa: de su cama, de deslizarse voluptuosamente en una inconsciencia profunda y sin sueños.

—Me parece que voy a dormir veinticuatro horas de un tirón.

Por desgracia, no sería así... Lo molestaron antes de eso. En el Quai des Orfèvres tenían la costumbre —que él había alentado— de, ante cualquier cosa, decir: «Llama a Maigret».

—¿Qué le sirvo, jefe?

—Un calvados, si tiene.

Había empezado con calvados. Había que acabar con la misma cosa.

—¿Hola? ¿De parte de quién?

Era Bodin. Maigret se había olvidado de él. También se debía de haber olvidado de otros muchos que aún estaban montando guardia inútilmente en diferentes puntos de París.

—Tengo la carta, jefe.

—¿Qué carta?

—La de la lista de Correos.

—Ah. Sí. Bueno.

Pobre Bodin. Maigret no hacía mucho caso a su hallazgo.

—¿Quiere que la abra y le diga lo que hay en el sobre?

—Si quieres...

—Espere... No hay nada escrito. Solo hay un billete de tren.

—Muy bien.

—¿Lo sabía usted?

—Lo sospechaba. Una vuelta en primera clase Goderville-París.

—Exacto. Hay unos jefes de estación que esperan.

—Eso es cosa de Colombani.

Y Maigret, mientras se bebía su calvados, sonrió ligeramente. Otro rasgo para agregar al personaje del pequeño

Albert, al que no había conocido vivo, pero a quien había reconstruido en cierto modo, trozo a trozo.

Como ciertos habituales de las carreras, no podía evitar mirar el suelo, que estaba lleno de boletos no ganadores y donde a veces se encontraba un boleto ganador tirado por error.

No era un boleto ganador lo que había encontrado allí el martes, sino un billete del tren.

Si no hubiera tenido esa manía... Si no hubiera visto al hombre que lo dejó caer de su bolsillo... Si el nombre de Goderville no le hubiera recordado tan rápidamente las masacres de la banda de Picardía... Si su emoción no se hubiera reflejado en su fisonomía...

—¡Pobre Albert! —suspiró Maigret.

Aún viviría. Pero algunos viejos granjeros y granjeras habrían dejado de existir después de sufrir seguramente quemaduras en las plantas de los pies a manos de Maria.

—Mi mujer prefiere cerrar ahora mismo —anunció Chevrier.

Luego hubo muchas calles, un taxímetros que marcaba una cifra astronómica, una señora Maigret que parecía un poco menos dulce cuando se acababa de conocer a Nine y que decidió, por propia iniciativa, cuando ya estaba bajo las sábanas:

—Esta vez descuelgo el teléfono y no abro a nadie.

Él oyó el comienzo de la frase, pero nunca supo cómo terminó.

« *Certes, ils préfèrent que je ne voie pas certaines choses.*
Mais ce qu'il ne faut surtout pas, c'est que je leur en raconte d'autres ».

« — *Vous direz tout?*
— *Et vous?*
— *J'essaierai. Si je n'y parviens pas, je m'en voudrais toute ma vie* ».

«*Sin duda, prefieren que yo no vea ciertas cosas.*
Pero lo que no debe ocurrir, sobre todo, es que les cuente otras».

«—*¿Usted lo dirá todo?*
—*¿Y usted?*
—*Trataré. Si no lo consigo, me lo reprocharé toda la vida*».

PEUPLES QUI ONT FAIM, 1934